中华

ZHONGHUA HUN

魂

U0726747

百部爱国故事丛书

严谨治学　勇于探索

——近代著名数学家华蘅芳

隋加平　雷方舟　编著

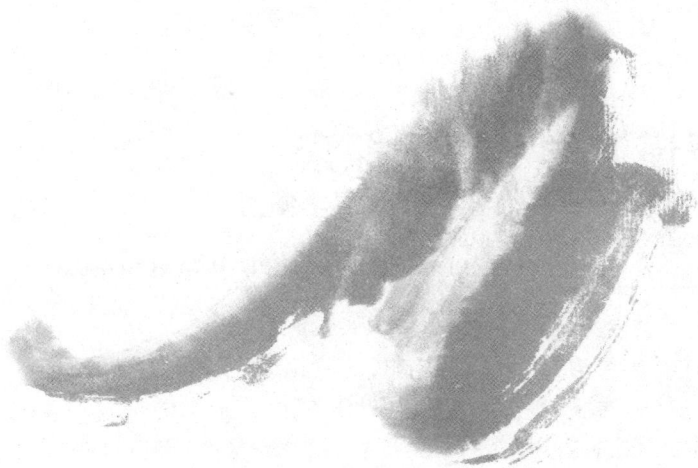

吉林人民出版社

图书在版编目（CIP）数据

严谨治学　勇于探索：近代著名数学家华蘅芳／隋
加平，雷方舟编著 . -- 长春：吉林人民出版社，2011.3（2021.8 重印）
（中华魂·百部爱国故事丛书）
ISBN 978-7-206-07479-0

Ⅰ . ①严… Ⅱ . ①隋… ②雷… Ⅲ . ①故事—中国—
当代 Ⅳ . ① I247.8

中国版本图书馆 CIP 数据核字 (2011) 第 031933 号

严谨治学　　勇于探索
——近代著名数学家华蘅芳
YANJIN ZHIXUE　　YONGYU TANSUO
　　　　——JINDAI ZHUMING SHUXUEJIA HUAHENGFANG

编　　著：隋加平　雷方舟
责任编辑：郭雪飞　　　　　封面设计：孙浩瀚
制　　作：吉林人民出版社图文设计印务中心
吉林人民出版社出版 发行（长春市人民大街7548号　邮政编码：130022）
印　　刷：北京一鑫印务有限责任公司
开　　本：787mm×1092mm　　1/16
印　　张：8　　　　　字　数：64千字
标准书号：ISBN 978-7-206-07479-0
版　　次：2011年3月第1版　　印　次：2021年8月第2次印刷
定　　价：35.00 元

如发现印装质量问题，影响阅读，请与出版社联系调换。

总　序

　　《中华魂》是一套故事丛书。它汇集了我国自鸦片战争以来一百八十余年间的近百位民族英雄、仁人志士、革命领袖、先进模范人物的生动感人事迹，表现了他们作为中华儿女的伟大的爱国主义精神。

　　爱国主义是人们对于"生于斯、长于斯、衣食于斯"的祖国的一种神圣感情，是人们对于自己民族的一种强烈的责任感和使命感，是感召和激励整个中华民族的一面永不褪色的旗帜。在一百多年的中国近现代史上，爱国主义一直激励着中华儿女为祖国的独立、统一、进步和繁荣而英勇奋斗。从"苟利国家生死以，岂因祸福避趋之"的林则徐，到"我自横刀向天笑，去留肝胆两昆仑"的谭嗣同;从"铁肩担道义,妙手著文章"的李大钊,到"青春换得江山壮,碧血染将天地红"的赵一曼;从"县委书记的好榜样"的焦裕禄,到"问鼎长天,扬我国威"的邓稼先……都表现出了强烈的爱国主义精神。正是由于热爱祖国的人们前仆后继地奋斗,国家和民族才得以生存,才能够在一次次历史危急关头转危为安,走向兴盛和富强,从而屹立于世界民族之林。爱国主义是鼓舞中华儿女历经忧患、跨越沧桑、百折不挠、自强不息的伟大力量,它贯穿于中华民族的整个历史,并有力地凝聚着五洲四海的中国人。

爱国主义是一个历史的范畴,在社会发展的不同阶段、不同时期有不同的具体内容。革命时期,需要我们为祖国的独立自主出生入死;建设时期,需要我们为祖国的繁荣富强增砖添瓦。在全国各族人民团结一心,开启全面建设社会主义现代化国家新征程的今天，我们要争做一名新时期的爱国者。新时期的爱国者要有强烈的民族自尊心、自豪感。民族自尊心、自豪感是任何时期、任何爱国者都必须具备的情感。民族自尊心能增强我们自立向上的恒心，民族自豪感能树立我们建设祖国的信心。要树立"祖国高于一切"的崇高信念，为了祖国和人民的利益不惜抛却个人的利益，甚至不惜牺牲个人的生命。我们要树立终身学习的理念，拓宽自己的知识面，广泛吸收新知识、新技术，完善自身的知识结构，更新学习知识的方法与理念，从思想上、知识上充分武装自己，为祖国的繁荣昌盛贡献力量。

爱国主义思想的继承和发扬，是关系到民族盛衰、国家兴亡的根本问题。爱国主义思想情操的形成，需要不断地培养。培养爱国主义精神的一个重要途径是向英雄人物和典范事迹学习和致敬。这套丛书的出版,对于青少年向英雄和先进人物学习,特别是对于在中小学生中进行爱国主义教育是不可多得的生动的教材。祝愿此书出版发行成功,为培养时代新人做出贡献。

胡维革

中华
魂
百部爱国故事丛书

编　委　会

吾果如春蚕，死而足愿矣。

——华蘅芳

目 录

中华**魂**百部爱国故事丛书
ZHONGHUA HUN

不寻常的少年

动荡年代里的成长

江苏省无锡市（原金匮县）有个名为荡口乡的地方。这里，北濒长江，南临太湖，是江南美丽富饶的鱼米之乡之一。

清道光年间，荡口乡住着位名叫华翼纶的读书人。他的家，是当地比较富裕的中等家庭。1844年（道光二十四年）他考中举人后被清政府任命为江西省永新县知县。1854年，当太平天国农民起义军攻进江西的时候，华翼纶对农民起义军十分恐惧，便回到了原籍。虽然清政府一再请他出来做官，但他觉得国家动荡不安，便多次婉言谢绝而赋闲在家了。

华翼纶有两个儿子，长子华蘅芳（字若汀），次子华世芳。

华蘅芳，生于1833年（道光十三年）。正值中国处于大变革的前夕。那时候，我们的国家仍然处在封

荡口古镇

建社会。封建王朝的统治者日益腐败，国家力量明显削弱。与此相反的，当时欧美的一些国家先后进入了资本主义社会。他们国家的经济、科学及军事技术等各方面都得到了迅猛地发展，这些发展促使他们开始向外扩张，以解决其国内需求不足。

华蘅芳8岁那年，英国发动了侵华战争——第一次鸦片战争。直到两年后，他10岁的时候，英国殖民者的舰队入侵长江，并将战火燃烧到了他的家乡邻近的地区。随后，侵略者逼至南京城下，强迫清政府与其签订了丧权辱国的不平等条约——《南京条约》，这样战争才结束了。

经过这场战争，国门向侵略者敞开了。在此后的几年间，包括金匮东面的上海也对外"开放"了，而且它也渐渐地变成了外国人进行各种活动的重要场所。

鸦片战争后的中国，就像决口的河堤似的，涌入了形形色色的外来势力。在这片古老的土地上，迎来了新的冲击并产生着剧烈的变化。侵略者的步步深入、国家独立主权的逐步丧失、人民困苦的逐渐加深，这些导致中国的社会经济和文化科学越发落后了。从第一次鸦片战争开始，中国就由封建社会，逐步向半殖民地半封建社会的深渊堕落下去了。在近代中国的历史上，也就此翻开了新的一页。

年少的华蘅芳正是处在这样一个历史的转折期。

四书五经有何用

古老的中国有着悠久的历史和光辉灿烂的文化科学瑰宝。到了这个时候——欧美一些国家的经济与科学技术在迅猛发展的时候，曾经占过领先地位的中国古代文化科学，却放慢了它发展的脚步，落在了潮流的后面。

第一次鸦片战争以后，当外国列强猛烈冲击中国的时候，封建统治者却依然沉湎于故步自封的状态中，他们依旧固执地认为，大清朝是"天朝上国"，甚至荒唐地认为，科学技术等新鲜事物，都是些所谓的"奇技淫巧"，依旧保守地遵循着故理。被这种愚昧、落后

严谨治学 勇于探索

的统治者统治着的中国，被一种死气沉沉的氛围笼罩着。

在这种条件下，除了部分地方官署在当地设立的"书院"，可以让有名望的人到那儿讲学和讨论学问之外，举国上下皆无一所正式的学校。

相对较为富有的地主家，大多是聘请教书先生教导自家子弟，寻常百姓家的子弟要想学到文化知识，只有两条路可以选择，要么自学，要么到私人开办的"学馆"（通称私塾）里就读。大家学习的内容千篇一律，都是四书五经。且绝大多数人是为了准备将来参加科举考试，以争取到步入仕途、光宗耀祖的机会。

清朝曾开办过算学馆，到里面学习的皆为官宦子弟，普通的百姓子弟只能望洋兴叹了。在这样的条件下，想要学习科技知识，一般是找不到学习场所的，而且也不受重视，甚至于被看作是"旁门左道"，遭到讥讽和冷落。

虽说华冀纶后来辞官归乡了，但在蘅芳7岁那年，还是给他请了一位先生，教他学习风靡一时的少年必读通俗读物，以及《大学》《中庸》等四书五经，并准备让他未来参加科举考试，最后步入仕途。

年幼的华蘅芳，学习很认真。仅用了两三年的时间，就读完了许多古人的经典著作和历史著作。有些

书他甚至能背诵。华冀纶看到这种情况，感到甚是欣喜。

第一次鸦片战争的爆发，使一部分人的思想受到很大震动，他们开始思考一些新的问题。

当战争来临时，一部分有爱国思想的仁人志士，看到国家软弱挨打的状况，心情无比激愤。他们认识到，贫弱的国家不需要再像以往那样，不知天多高地多厚，不管实际情况怎样，还在那里死读那些脱离实际的"圣贤书"是危险的。他们认为，中国人到了睁开眼睛看世界的时候了！战后，有的爱国知识分子，便进一步响亮地提出了"学习外国的先进科学技术来反对外国侵略者"的主张。于是，要求面向现实，提倡读书注意实用的主张（当时叫做"经世致用"之学），战火在东南沿海地区（包括华蘅芳的家乡一带）首先蔓延开来，且范围日趋扩大。

彼时，华蘅芳14岁，原来教他学习经书的那位老师走了。家里又给他请了一位新的老师。

这位老师也是金匮地区的一位知识分子，可是他的思想比较开通，也主张读书注意实用。因此，他不是光教经书了，而且还教华蘅芳读一些近代人的著述。在社会的影响和老师的引导下，华蘅芳的思想受到新事物的影响，他幼小的心灵里开始琢磨新事情，自然也有了一些想不通的问题。

这一年的夏季，华翼纶从江西永新县回到家乡探亲。此时，华蘅芳看到好久不见的父亲，心中特别高兴。于是，他想利用这一时间，向父亲倾吐一下闷在自己心头的一些想法和问题。

一天晚饭后，他来到父亲面前，问道："我已经学了很多的经书，这些书到底有什么用啊？"

父亲抚摸着他的头，亲切地说："只有学好这些书，将来才能取得功名。"

"得到功名，又有什么用呢？"华蘅芳又追问着。

这一问，让父亲觉得有点不好回答了……

从此以后，华蘅芳对天天死读那些空洞、无味、枯燥、死板的经书，越来越没有兴趣了。他越发强烈地希望能学到一些有实际用处的知识。

结识徐寿，抛弃科举之路

正巧，华蘅芳听人说，在他家乡附近有一位名叫徐雪村的人，据说，这个人与众不同，自己在家里专攻"金之事"，善于仿造各种器具。因此，当地人便把他看成是一个"奇怪"的人。

当时，华蘅芳怀有强烈的求知欲，听到这个情况，这个姓徐的人便引起了他的极大注意。

徐雪村，名寿，是无锡（当时无锡县与金匮县同城，今同属无锡市）西北乡的社港人。这个地方，距离华蘅芳的家乡只有一天的路程。因此，他们两人算是同乡了。

徐寿也是出身在一个地主家庭里。在他5岁的时候，父亲就死去了。从这以后，他的家便日渐没落。徐寿的年龄，比华蘅芳大15岁。此时，他已经是一位二十多岁的人了。

徐寿这个人，在他所处的那个时代里，是有点特殊的。他在十几岁的时候，对当时社会上广大青少年，为了在将来参加科举和争取当官而死读经书的风气，就表现出一种厌恶的情绪。他认为，被人们当做升官发财的"敲门砖"的四书五经，都是些没有实际用处的东西。所以，他果断地把这些书弃之不读，决心通过自己的努力，来探索一些有用的知识，立志要在人们日常需用的器具方面创造出新样式。

鸦片战争以后，徐寿的这个志向更加坚定了。他在继续钻研中国古代科学技术的同时，又到处搜集外国有关科技方面的材料，在家里对照、研究和模仿研制。当华蘅芳知道徐寿的时候，徐寿已经是一位科学知识丰富且有相当的实践经验的人了。

一天，华蘅芳来到西北乡的社港，找到了徐寿。华蘅芳做了自我介绍，并说明前来求教的想法之后，徐寿十分高兴，将其让到自己房中，热情款待。

徐寿的房间，陈设很简单。但是，在他用的桌子上、床上，都放满了各种书、图、表及研制的各式各样的器具。在华蘅芳看来，房间里琳琅满目，似乎来到一个新的世界了。华蘅芳感到特别兴奋，他好奇地向徐寿问这问那，问个不停。徐寿也耐心地向他一一做了说明和介绍。

在这当中，华蘅芳又被墙上挂着的一副对联吸引住了。这副对联上联写着："不谈无聊之言，不说下流之语"；下联是："不说迷信的话，不办迷信的事"，横额是"实事实证"四个大字。

看到这副对联，华蘅芳感到很新鲜。他仰头反复地看了几遍以后，深有所思地问道："这是谁写的呀？"

"我自己写的。"徐寿回答说。接着，他又以一种坚定的语气说："我从20岁开始，就以这些话作为自己的'座右铭'了！"

实际上，这是徐寿给自己立下的誓言，为的是提醒自己不迎合当时社会上流行的那些空谈、迷信等风气，并以此鞭策自己专心致志地进行科学研究。

面对这些，华蘅芳越发佩服徐寿了。于是他又问道："那么，你还想不想参加科举呢？"

徐寿当即回答说："这件事，我早已忘在脑后了。"

华蘅芳在经历这些后，感觉深受启发，更让自己的心豁然间开阔多了。于是他激动地说："我对成天死读经书，也感到厌烦了。"接着，两人又谈了许多……他们越谈，越感到情投意合；越谈，华蘅芳越钦佩徐寿，徐寿也越觉得华蘅芳可亲。就这样，共同的志向，把这对年轻人紧密地联系在一起了。

年仅14岁的华蘅芳，在初访徐寿归来后，心情十分激动。他当即要求家里辞退了给他请的老师，决心抛弃准备科举应试的念头，也要像徐寿那样，自己来踏出一条新的学习道路。

严谨治学　勇于探索
——近代著名数学家华蘅芳

探索新知识

古算学初探

　　14岁的华蘅芳，有志于探索新知识。可是，在那个闭塞的社会环境中，又能到哪儿去寻求新知识呢？他通过徐寿借到了一本《算法统宗》。该书共17卷，为明代算学家程大位的著作，是专门讲述中国珠算的演算理论和方法的。华蘅芳借到的仅是其中关于算题的一卷，便已如获至宝了，珍爱无比。他兴高采烈地把这本书拿回家朝夕研读，进行了认真的学习和钻研。实际上，华蘅芳是初次接触有关算学的书，在这以前，他从来没有学过任何算学知识。而且，他在这时的学习和钻研，既没有老师的指导，又无任何参考材料。所以在他学习《算法统宗》的过程中，遇到了一个又一个的难题。然而，他都以那种初生牛犊不怕虎的精神，闯过了一连串的难关，很快就把这一卷《算法统宗》弄通了。

　　搞通《算法统宗》的珠算解题法，使华蘅芳初步尝到了一些算学的甜头，并使他开始摸索到一个新的知识领域，觉得算学里边似乎大有学问。从此，他便逐渐把注意力集中在钻研算学上面了。

在华蘅芳的少年时代，清朝统治者根本不重视发展科学事业。他们为了拢络人心和适应科举的要求，一个劲儿地刻印四书五经等书，对中国历史上许多杰出的科技著作，却很少印制。与此同时，社会上一般知识分子，对学习、研究和传播科学技术知识也很不关心。因此，华蘅芳尽管费尽气力，还是很不容易才借到这类书。虽然受条件的限制，但是并未减少华蘅芳钻研算学的兴趣。

华蘅芳的父亲华翼纶，亦是一位很喜欢读书的人，他对各种书籍都很爱护，特别是对书的版本很有研究。正因如此，在华蘅芳的家里也收藏了不少古旧图书。

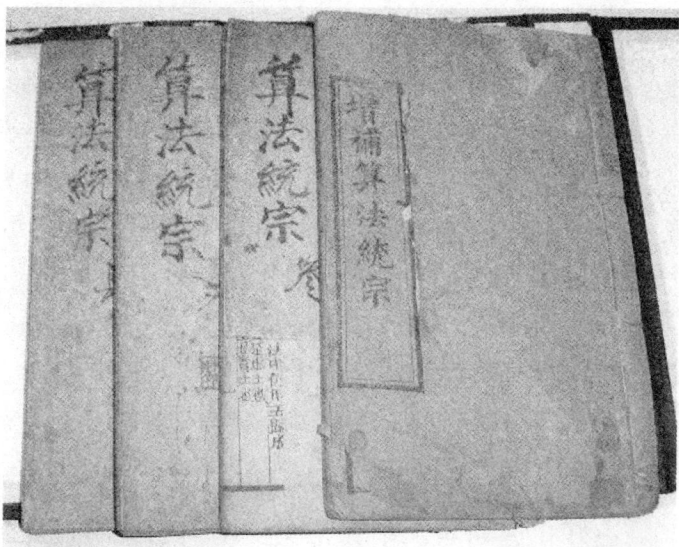

《算法统宗》

——近代著名数学家华蘅芳

严谨治学　勇于探索

于是，华蘅芳到 16 岁的时候，就终日在家里翻箱倒柜，想在家里的藏书中找到有关算学的书籍。他在家里找了很多天，都没有找到。直到最后，他心里有点泄气的时候，才在一个乱书堆里发现一本画有各种图式的旧书。这时，他好奇地将它拿起来，用手弹掉上面的灰尘，细心翻阅，原来这是一册坊本算书。华蘅芳高兴得几乎要跳起来了。

华蘅芳从他家里找到的这本算书，实际上是一部缺头少尾的中国古算学的残本，而且印制粗糙，看起来十分困难。即使这样，华蘅芳仍非常勤奋地阅读，他胸怀探索新知识的强烈志趣，终日废寝忘食，蹲在房中苦心研读，只用了几个月的时间，他就领会了这本古算书残卷的全部内容。这时，华蘅芳不仅搞通了中国古算学的珠算解题法，而且又略懂了一些中国的古算理。从中，他逐渐地觉察到，算学与四书五经截然不同，它有明显的实际用途。因而，华蘅芳便越发坚定了钻研算学的志向，并且决心要排除万难，沿着这条路走下去。从此以后，华蘅芳就是在日常生活当中，他的心神，也全部地贯注在思考算题、算理上面了——一个活泼的年轻人，渐渐地变成了一个寡言简行的"呆人"了。

正好在这期间，华翼纶又一次回到家中，看到儿子变成这个样子。不觉心底纳闷。他经过了解才知道，华蘅芳已经对钻研算学有特殊的爱好。此时，华翼纶感觉到，在这种情况下，如果强行阻拦，势必会造成不好的后果。于是，他对华蘅芳钻研算学的爱好便采取了积极支持的态度。随后，华翼纶通过各种办法，给华蘅芳弄到了《周髀算经》《九章算术》《孙子算经》《五曹算经》《张丘建算经》《夏侯阳算经》《海岛算经》《益古演段》《测圆海镜》等许多种中国古代算书。这些算书，都是历代流传下来的中国古代算学的名著。这些算书的内容十分庞杂，涉及的问题颇为广泛。其中有的书，虽然与近代数学在列题方法和解法上有所不同，但是从其数理来说，已涉及级数、高次方程等较高深的数学原理。因此，以自学的方式把这些算书的内容弄明白并非易事。正因如此，长时期以来，多数的读书人，一方面，认为读这些算书对"科举"没有用途，而无人问津；另方面，也因为这些书的理性很强，内容纷繁，不易理解，从而使那些意志薄弱者望而生畏。但是，华蘅芳看到这些算书却是喜出望外，高兴得不得了。于是，他从 16 岁起，到 19 岁，利用了三年多的时间，对这些中国古代算学著作进行了刻苦地学习和钻研，使他的算学知识逐渐丰富，为他进一步攀登近代数学高峰，打下了坚实的基础。

三年来的时间，虽然还算不上是漫长的岁月，但是对华蘅芳来说，这三年却是一段不寻常的历程。起初，华蘅芳在看到这些古代算学著作时，在无比兴奋之余，也曾产生过畏惧的情绪，觉得，要弄通这些大部头的算书内容，非一朝一夕所能办到的。但是，华蘅芳并没有被这种阵式难住，他犹豫了一时之后，决心要知难而进。

华蘅芳经过反复地琢磨，决定先来个"纵观全书"。多少天以来，他一部书、一部书地浏览了一遍。从中发现，《九章算术》这部算书，内容最多，讲述的一些数理和演算法，在其他古代算学著作中也不断出现。从而他判断，《九章算术》的内容在古代算学著作中上下相通，具有代表性。就这样，他决心先攻《九章算术》，以它作为打开中国古代算学堡垒的突破点。事实上，《九章算术》虽然还不能说是中国最古的一部算书，不过可以说，它是中国古代算学著作中最重要的一部，它比较系统地总结了我国东汉以前的古代算学成就，对后来历代的算学家都产生过很大的影响，华蘅芳首先攻读这部算书是很有道理的。

华蘅芳不知经历了多少个日日夜夜，将《九章算术》里的数理、算题一条一条地进行了刻苦的钻研和试算，逐渐地搞通了全书的内容。在这个基础上，他又扩而充之，对其他各种古算学著作，也进行了逐部的研读。结果，他又经过了近两年的时间，便把其余那些古算书中的内容基本上攻下来了。

这个时期的华蘅芳钻研古算学，还是处在学习前人的研究成果阶段。可是，他在整个学习的过程中，除了勤奋、刻苦之外，又展现出另一种可贵的学习精神。那就是，他在如饥似渴地汲取前人的研究成果时，又不以此为满足，还特别注意独立思考，力求"推理阐发"，提出自己的见解。因此，华蘅芳在掌握了这些古算书的基本内容以后，又对这些古算书的内容加以对比，作了综合性的考究。从中发现，除了《益古演段》和《测圆海镜》两部古算书以外，其他古算书，

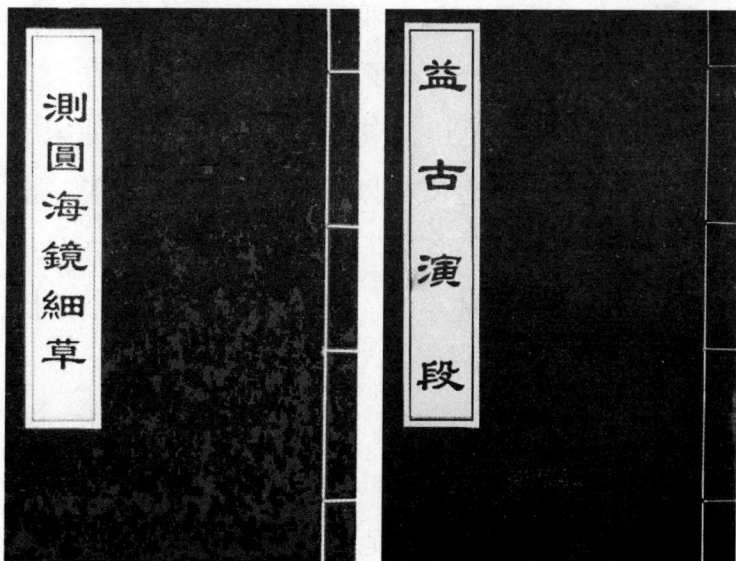

从其数理和解题方法来说，贯穿了一个共同点。他认为这个共同点就是：以加、减、乘、除和开方的方法，就可以使各书的例题迎刃而解了。就这样，华蘅芳在继承前人的算学研究成果的基础上，通过自己的独立思考，找到了一把打开中国古代算学堡垒的钥匙。他真的把书读"薄"了。

突破古算学难关

华蘅芳在钻研中国古算学的过程中，既找出了这些算书的一般要点及其内在的联系，也归纳出了它的高难点。这个难点，他认为就是"天元术"。

"天元术"，从它的数理来说，类似近代的代数学。关于代数学原理，在我国历史上也早就出现了。在《九章算术》里，就有了联立一次方程的解法，只不过这种方程式，是用文字而不是用符号来代表未知数，而其列题和解题又是以图表来表示的。《益古演段》和《测圆海镜》两书，却是专门记述我国古代运用高次方程式算法的书籍。代数具有更大的抽象性，因此它的难度就更大了。

由于这种情况，华蘅芳在接触到这方面的内容时，就觉得头昏脑胀，感到难以理解，新的难题摆在华蘅芳的面前了。怎么办呢？他十分焦急。他吃不下，睡不好，跌宕起伏的思绪，使他寝食难安。

一天，华蘅芳在闷得没有办法的时候，又到西北乡社港，去向徐寿请教。这时他和徐寿已经是志同道合的好朋友了。徐寿见华蘅芳学到很多的算学知识，从心里感到高兴；当他得知华蘅芳在钻研算学的过程中遇到了困难时很想帮他一把。可是，他对算学没有专门的研究，无法给出明确的意见，便只是根据自己钻研理、化科学知识的体会，谈了一些感受，他说："根据我的经验，钻研学问，只要坚持不懈，就能取得成果。"接着，徐寿又谈了他克服学习困难的一些情况……

经过徐寿的鼓励和启发，华蘅芳的想法又明朗得多了。他在回家的路上，一边走，一边在思考着。他渐渐地认识到，自己之所以对啃不动"天元术"，当是因为钻劲儿不足，精力不够集中的缘故。于是，他又坚定了自己的信念，决心要以融冰化雪的毅力来搞通"天元术"，攻克这一算学难关。

荡口这村镇，虽然谈不上多么繁华，但在其街道中心，每天人来人往，有时还显得很热闹。华蘅芳在当时，为了锻炼自己的思路不受外界的干扰和影响，以便专心致志地钻研学问，他便趁着街上人多的时候，拿着一个小竹凳子，来到街上坐在街道旁边，闭上双

严谨治学　勇于探索

近代著名数学家华蘅芳

目思索起来。起初，过路的行人，特别是一些好奇的儿童，看他这个样子不知道是怎么回事，都围上前来观看时，华蘅芳还有些觉察。

可是一天天过去了，一次，他又到这里继续静坐构思，不知已经过去多长时间了，待到他的家里人前来催他回家吃饭时，他睁开双眼一看，已是夜幕降临了……

华蘅芳的家乡一带，大小河流纵横交错，而且多数的河流，都有各种船只往来。这些船只，不分白天黑夜，载货、运人，构成了一个繁忙的交通网。这种自然的环境，也被华蘅芳用来培养意志、锻炼精力集中。多少天来，他白天到街上静坐思考；晚间又乘夜班船，夹坐在众人中闭目构思。

就这样，华蘅芳经过一段艰苦的磨炼，使自己逐渐养成了一种处繁杂闹市亦能平静思考的能力。他又用了近一年的时间，终于掌握了"天元术"的数理及其演算方法，攻克了中国古代算学中的一个高难点。

紧接着，华蘅芳在19岁这一年里，继续进取，对宋代以后一些算学名著，如南宋秦九韶的《数书九章》（共18卷）、清代魏荔彤编的《历算全书》等八九种算学著作，也贯通其义。到这时，华蘅芳仅仅用了三年左右的时间，便踏破重重难关，通过自学，对上自秦汉下至明清时期的中国古代的大量算学著作，进行了比较全面、系统地研究，从中吸取了中国古代算学的丰富营养。于是，年仅 19 岁的华蘅芳，已成了一位通达中国古代算学的小专家了。

攀登数学新高峰

算学的新领域

我国古代的算学遗产是十分丰富的。在我国历史上，曾涌现出许多卓越的算学家，他们创造的一些重要的算学成果，曾流传到中亚、欧洲和日本，产生过很大的影响。这些中国古代算学的业绩，在世界科学发展史中占有重要的地位。可是，我们知道，科学的发展，与社会制度和社会经济状况是紧密相连的。在漫长的中国封建社会里，封建专制一代比一代强化，因循守旧的思维方式也就越发牢固。因此，这灿若星河的古代算学成果，始终未能突破测算历法、丈量土地、换算税收等狭小圈子而形成完整的科学体系。直到西方近代数学传入中国之前，我国的算学家们，还只是运用这些原始的数理与演算方法在那里测算历法、丈量土地、计算租税呢！

020

　　就这样，当一些有志于科学事业的人们，还继续在迷茫徘徊的时候，欧洲一些国家，已经伴随着资本主义经济的发展，大大推进了它们科学事业发展的进程。

数学作为自然科学的基础，自16世纪以来，就是欧洲的一些科学家，为了适应经济和其他科学部门发展的需要，在吸收了印度、中国等国古代算学成就的基础上，使算学的研究达到一个新的高度。在这个时期里，他们制订了代数符号，并把代数的运算方法应用到其他科学领域。并于1614年（明朝万历四十二年）发明了对数；1637年（明崇祯十年）建立了坐标和解析几何学；随后牛顿和莱布尼茨完成了近代数学的最新成就微积分学。到这时，欧洲一些国家的科学家们，对古典算学进行了划时代的改造，使这门学问逐步理论化、系统化，形成了自然科学中的一门学科——近代数学。

　　科学，从来都是互相影响的。从16世纪后期（即中国明末）以来，欧洲国家的一些教会的传教士，先后随着各国的商船来到中国传教。在这些传教士中，有的人在他们本国时就曾学习和研究过科学。在明万历十年（1582年）来到中国的意大利传教士利玛窦，原来在他本国时就研究过数学。他到中国以后，认识了当时我国著名的算学家李文藻、徐光启等人。后来，他们曾合作翻译了一些外国自然科学的书籍。在数学方面，利玛窦和徐光启在1607年（明万历三十五年）合作翻译的欧洲早期几何学著作《几何原本》（前6

卷），是最有名的。从这以后，一些关心祖国科学事业的人们，通过不断来到中国的一些外国传教士，又陆续把外国的近代科学知识介绍到中国。到了清朝康熙末年，算学家梅珏成等人集体编纂的《数理精蕴》53卷，就是一部比较系统的介绍从17世纪以来传入中国的西方近代数学的百科全书。

本来，在明末清初这个时期，欧美一些国家的科学技术正处于蓬勃发展的阶段，当时我国也有一些知识分子受到这个科学发展潮流的影响，也在探索着推进我国科学事业发展的步伐。如果这个时期的国家统治者，能够顺应这个历史潮流，引导前进，我们祖国的科学事业也会有一些新的起色。可惜的是，在此后不久，清朝统治者的神经越来越紧张了，他们害怕广大知识分子思想活跃，唯恐人们探索新问题会危害他们的统治。因此，从清代雍正年间以后，他们便在文化思想界采取了严密控制和残酷镇压的政策。只让广大知识分子埋头攻读四书五经，严禁人们接触外来的新事物。从而，把明末清初渐渐兴起的学习外国先进科学技术的苗头给镇压下去了。清朝统治者的这种粗暴政策，给中国带来了严重的危害，直到华蘅芳的青少年时代，中国的科学事业都没有翻过身来。因此，学习外国的先进科学技术，以推进我国科学事业的发展，仍然是摆在国人面前的一个迫切问题。

攀登近代数学高峰

华蘅芳在 19 岁的时候，就通过自身的刻苦钻研，通读了自古流传下来的大量算学著作，通晓了我国古代算学，这在当时可称得上是一个奇迹了。只是立志要攀登算学高峰的华蘅芳，并未满足已经取得的成绩，他继续在崎岖的科研道路上向前探索。

也就是在这个时候，华蘅芳的好友徐寿又来到他家。这一对在探索科学知识的道路上志同道合的伙伴，交流了各自学习与钻研科学知识的心得体会。当时，他们都为对方取得的成绩而欢欣鼓舞。华蘅芳说："这几年来，我尝到了学算学的甘苦。在我遇到困难时就心急火燎，吃不下饭，睡不着觉，是十分痛苦的。可是，每当我弄明白一个数理、算通一道演题时，又感觉像进入仙境一样的快活呀！"

徐寿也赞同地说："是啊，做学问就是有苦有甜哪！"

他们两人从谈论学习体会又谈到如何做学问的事上来了。当徐寿知道华蘅芳对中国古代算学已作了比较深入、系统的研究后，他又给华蘅芳提供了

一个新的方向：据说外国的算学有些新东西。华蘅
芳听到这件事十分重视，他立即问道："我们能看到
这种书吗？"

徐寿说："听说在明朝时，算学家徐光启等人和一个外国人合作译出了一些外国算书，其中有一部叫做《几何原本》的算书。"说到这里时，徐寿又以一种十分惋惜的心情说了这样一个情况，《几何原本》译出后，刻印数量不多，加之年代已久，四下散失，现在很难再见到了。

华蘅芳听到这种情况，感到很失望。连说："可惜，可惜!"

此时，徐寿又补充说："据说，《几何原本》的内容，在国朝（即清朝）初年编纂的《数理精蕴》里也有。"听到这话，华蘅芳的眼中又燃起了希望……

这次与徐寿会面后，华蘅芳的心情既激动，又着急。当他知道算学又有了新的境界时，他的心情是兴奋的。可是，《数理精蕴》在哪里? 外国的新算书都是些什么内容呢? 他又感到那样的迷茫。

华蘅芳为了寻找《数理精蕴》，到过很多地方，求遍所有亲友。有的人表示愿意代为寻找。但是多数人，对他的这个愿望却持一种冷漠的态度。其中有的人，还公开加以嘲讽，说其不务正业，搞歪门邪道，等等。有的读书人，还规劝他说："学算学中国有的是，外国的东西有什么好学的!"讥讽、冷落，丝毫没有动摇华蘅芳学习外国近代数学的志向。此后，他还在想尽一切办法来寻求《数理精蕴》等算书。为了找到这些书，华蘅芳到处打听、探寻，他认识的人都问遍了，后来从一个远方来的客人那里打听到有《数理精蕴》一书，他花了很高的价格才买到手。华蘅芳对这部书越学越有劲，他觉得这部书的内容太新鲜了，这是取之不尽的知识源泉。几个月下来，不论在炎热的夏季，还是在寒冷的冬天，他夜以继日地攻读。华蘅芳在通读全书以后，就把精力集中在几何学上面了。编入这部书的几何学部分，实际是欧洲国家早期的平面几何学原理通论，其中演题较少，多是论证几何定理的。再加上当时的翻译水平较低，刻印的质量粗糙，所以人们看起来确实很困难。但是华蘅芳却不以为然，他为了弄通和掌握这种外来的几何学原理，与《九章算术》等中国古代算书对照着学，一点一点，一条一条地逐字推敲。华蘅芳在付出了大量的心血之后，找出了几何学与中国古算书的一些相同点和不同点。在这个基础上，他又进一步归纳出这两种算书内容的各自特点。他认为，中国古算书，一般用加、减、乘、除和开方的演算方法，就能解开多数的题目。但是要搞通几何学的数理，单用加、减、乘、除和开方的方法就行不通了，还必须掌握点、线、面、体的关系及其原理。

这些数学道理，现在的中学生都知道了。但在一百多年前，在近代几何学传入中国一段时间后，华蘅芳通过自己的钻研对中外数理作出这样的概括和总结，是很不容易的。

就这样，华蘅芳仅仅用了几个月的时间，在他20岁（1852年）的那一年里，又弄通了从国外传入中国的平面几何学原理。也就是从这时起，他接触到外国的近代数学知识，使他的眼界开阔了，数学知识水平也在迅速提高。正像他自己后来回忆的那样："我在20岁的时候，通过钻研《数理精蕴》和明末清初时的部分算学名家的著作，知道了算学有古今中外的异同。"至此，华蘅芳深深地认识到，"算学的奥妙是无穷无尽的，要探索其中的奥秘，就得眼向四方"。于是，他对外国的科学技术（特别是对外国的近代数学）产生了浓厚的兴趣。在这种情况下，华蘅芳进一步认识到，《数理精蕴》这样的书，对外国科学知识的介绍只是部分的。为此，他深感不满。他决心要追根探源，看看外国到底有哪些新的科学知识。强烈的追求科学真理的愿望，促使华蘅芳向近代科学领域迈进了。

拜访李善兰

鸦片战争之后，来中国的外国人越来越多了。这些人的成份也就更加复杂化了，干什么的都有。1843年，外国传教士在上海创办了一个印刷传教读物的机构——墨海书院。英国人伟烈亚力于1847年来到这个书院。伟烈亚力原来是个天文数学家，懂得中国话，并结交了一些热爱科学的中国人，并在一起讨论和翻译外国科学著作的事。此后，有位名叫李善兰的中国人与伟烈亚力等外国人认识后，到墨海书院从事翻译外国数学著作的工作。

李善兰（字壬叔），浙江省海宁人，他长华蘅芳23岁。此时，他已经在数学研究上取得了显著的成绩，并写出了自己的数学著作，成为当时中国名望最高的一名数学家。

当华蘅芳攻读了《数理精蕴》，刚刚接触到了一点儿外国近代数学之后，想要进一步探索其中的奥秘时，却怎么也找不到这类书了。当他处于十分苦恼之际，听到了有关墨海书院的事，这对他来说，无疑是太有吸引力了。

华蘅芳匆匆忙忙地作了一些准备，就急忙动身去了上海。到上海后，他很快就在上海城北门外找到了墨海书院。而且，恰巧碰上李善兰和伟烈亚力在翻译一部叫做《代微积拾级》的外国数学著作。当时，华蘅芳和李善兰尽管是初次见面，可是他们相处十分融洽。于此同时，华蘅芳也第一次认识了一位外国人——伟烈亚力。

华蘅芳在墨海书院结识了专门研究近代数学的李善兰和伟烈亚力，内心充满感激。他觉得，这回可找对地方了。所以，他向李善兰和伟烈亚力提出了一连串的问题，诚恳地向他们求教。而李善兰和伟烈亚力看到这名年轻人很好学，且发现他已经有相当多的数学知识储备，对其非常器重。故而，李善兰热情地回答了华蘅芳提出的问题，并主动地向他讲述了不少数学研究情况。同时，着重向华蘅芳介绍了他们正在翻译的这部《代微积拾级》一书的情况。

原来，《代微积拾级》这部书，是由一位美国天文数学家罗密士，按照由浅入深的顺序，把当时在国外流行的代数、微分、积分三方面的数学原理汇编在一起，并分别设了一些演算题，一共有18卷。李善兰说："这部算学书可是有功夫的，它是中外古算法的最新发展。"又说："弄通了这部算书，就等于看到当今外国算学的面貌了。"

这时，华蘅芳简直是越听越着迷了，遂问道："这么说，这真是一部好算书了。可是，这部书什么时候能翻译出来呢？"

李善兰说："这部书的数理很难啊！翻译十分困难，现在只是译出一部分，还需要一段时日才能全部完成。"

华蘅芳听到这里，心里有些着急，他恨不得能立即得到这部新的算书，以满足自己的求知欲。于是，他思索了一会儿又问道："既然这样，我能不能从你们那部分译稿中抄一些带回家学习？"

李善兰说："那当然可以了。不过，这部分译稿还没有来得及整理，比较乱，你抄时可要费劲哪！"

强烈的求知欲令华蘅芳觉得浑身都是力量，他连忙说："不怕，不怕。我能有机会先抄到译稿，那可好极了！"于是，在李善兰和伟烈亚力的帮助下，华蘅芳在墨海书院找到了一个地方，开始了艰苦地抄录《代微积拾级》译稿的工作。

在那段时间里，华蘅芳实在是太紧张了，他觉得机会难得，一点时间也舍不得白白浪费。上海城，作为是苏南地区的一座重镇，城内有不少名胜古迹。华蘅芳虽然是初次来上海，但是这里的风光景色，对他似乎没有一点吸引力。多少天来，他从未离开过墨海书院，日夜埋头案边，专心致志地思索、抄录着。

经过艰苦的努力，华蘅芳把李善兰指点的部分译

华蘅芳故居

严谨治学 勇于探索
——近代著名数学家华蘅芳

稿内容全部抄录完毕。此时，他觉得内心有一种说不出来的愉快感。

主攻近代数学

华蘅芳从上海回到家以后，一直处于十分兴奋的状态中。他觉得这次与李善兰的会面收获太大了，不但知道了许多算学研究的新情况，还使自己凭添了巨大的力量。他看着那亲手抄来的外国数学著作译稿，暗暗地下定决心，一定要把这部外国算学著作的奥妙探索明白。他根据自己的学习经历，觉得信心十足哩。

代数，从它的数理来说，与我国古代算书中的"天元术"相似。通过学习，华蘅芳对"天元术"已有所了解。但是，《代微积拾级》里的代数，在推理、列式、解法上都有新的发展，成为近代数学的一部分；至于微分、积分，更是当时近代数学的一个新高点，难度就更大了。或许由于这些原因，当时，华蘅芳虽然信心满怀，但当他开始攻读这些外国数学译稿时，却无法看明白。几天过去了，几个月过去了，一年过去了，还是弄不清楚。这究竟是怎么回事呢？他在想，是不是这些抄来的译稿有错误？

华蘅芳感到无措的时候是在1859年，他27岁时，李善兰和伟烈亚力合译的《代微积拾级》全书，由墨海书院印制出来了。李善兰立即托人送了一部书给华蘅芳。华蘅芳得到正式印制出来的《代微积拾级》全书以后，受到极大鼓舞，认为这下可以读懂了。然而，在他继续学习了一段时间后，依旧摸不着头脑。此时，华蘅芳真有点为难了。他想，难道就这样半途而废了吗？转念又想：别人能够创造，我连人家创造出来的现成东西都学不会还行吗？

想到这里，他鼓起勇气，二次来到上海墨海书院，找到李善兰，再次向他请教。他向李善兰讲了自己的学习情况和遇到的困难之后，李善兰说："这部算书与中国古算不同，与'天元术'也不一样，它有自己的路数和算法。它比'天元术'的层次曲折多了。"他又说："你以为可以像学'天元术'那样，弄通一点之后，其余便可'豁然开朗'，那是不行啊！"最后，李善兰又深情地启发他："功夫不负有心人哪！你只要是持之以恒，反复钻研，终会有头绪的……"

李善兰再次地鼓励和启发，使华蘅芳钻研外国近代数学的决心更坚定了。可是，这条路又怎样走下去呢？他还在思考着……

一日晚饭后，夕阳西下，华蘅芳端着一杯茶水来到自家庭院，坐在花池边的石头上，仰脸朝天地陷入了沉思。他想着、看着，随着他目光的集中，猛然看

李善兰

到了一颗星星挂在天空。随着他的视力逐渐适应，他又看到了几颗、几十颗星星，后来看到满天的星斗在闪闪发光。这时，他好像发现了什么似的，倏地站了起来，一边往屋子里走，一边兴奋地自言自语："有了，有了！我也像看星星一样，一点一点的来嘛！"从此以后，华蘅芳就集中力量专攻代数。在这个过程中，他克服了那种操之过急的情绪，还像初学算学时那样，一个公式、一个公式，一道例题、一道例题地不断演练。一步一个脚印地向前探索。终于，局面逐步打开了。最终，他用时近一年，才把《代微积拾级》里的近代代数部分基本搞懂。而后，他又用时一年多，将这部书里的微分、积分也渐有所悟。

登上《代微积拾级》这一近代数学的新高点，是华蘅芳钻研数学历程中的一个重要的里程碑。在这个阶段里，他经历的波折最多，可是他的收获也最大。多年以后，华蘅芳在回顾自己钻研数学的历程时，还念念不忘地说："我掌握代数，晓得微分、积分，饱尝艰苦。不过从此我的眼界却极大地开阔了。'真是'功夫不负有心人"。华蘅芳经过多年坚韧不拔的刻苦钻研，在掌握了中国古代算学遗产的基础上，又踏上了世界近代数学的新高点，成为近代中国仅有的几名数学家之一了。

验证抛物线

子弹呈抛物线走向吗

任何一种有出速的物体（在物理学中叫做"抛体"），在具有地球引力的范围内，它在空间的运动都呈抛物线的状态，这是通常的物理现象。可是这种抛体运动现象，得到科学的验证和说明，在近代数学和物理学中成为一种科学的学说，是由欧洲科学家完成的。

说到这种近代的抛物线学说在中国的传播和应用，也是有一个过程的。

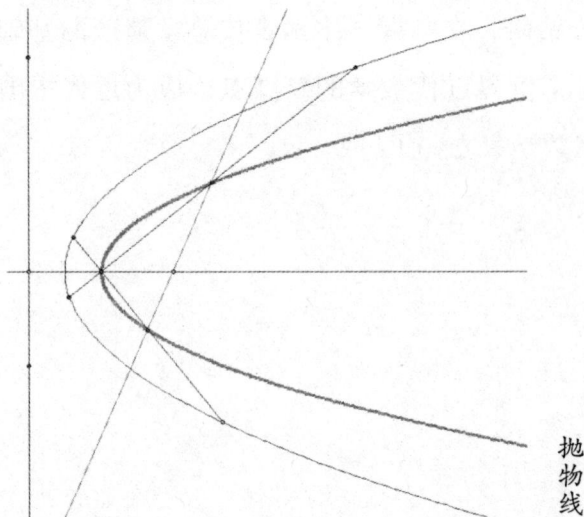

抛物线

到了19世纪50年代，一些外国传教士通过开办书院，与个别热爱科学的中国人合作，翻译印制一些外国近代数学著作的同时，又逐步翻译、推广了一些外国近代物理学、化学等方面的知识。在此期间，传教士为了进一步扩大影响，方便推进他们的传教活动，还办了一些中文刊物，介绍外国的宗教、科学、文学等情况。例如：在1854年，美国传教士玛高温，在宁波创办了《中外新报》月刊；1851年，伟烈亚力等人在上海出版了《六合丛谈》月刊，等等。这些外国人创办的中文刊物，都登载国外的宗教、科学、文学等情况。是以，外国的数学、物理学（起初主要是它的力学部分，当时叫"重学"）等自然科学知识，自明代开始传入中国，经过明末清初的一段间歇期，到了19世纪50年代末，又呈现了一个新的势头。

书院也好，刊物也好，均为外国传教士在中国传播他们的宗教制造舆论的工具，有的则是企图通过这种方式为其国内资本向中国扩张侵略服务的。只是外国科学文化知识传入中国后，它所起的实际作用，传教士们也无法完全控制。实际上这些传教士的活动，为那些关心祖国科学事业的爱国人士提供了获得国外先进科学知识的主要途径。

华蘅芳通过李善兰在墨海书院得到《代微积拾级》

一书后，在潜心钻研外国近代数学的期间，其好友徐寿，则在深入研究物理学和机械制造方面的知识。华蘅芳在数学研究方面取得了新的进展时，徐寿的研究也在层层深入。同时，随着外国科学知识传入中国的门类不断增多，他们接触和研究科学知识的领域也在日益拓宽。

一次，徐寿带着一些外国人在中国出版的书刊来到华蘅芳的家里。虽然他们俩已有一段时间没有见面了，却未见生疏。

两人的往来，从来都不是单单的人情的交往。他们之间的走动，都是在各自研究的过程中遇到了难解的问题，或是谁取得新的进展时，而聚在一起相互交流心得，讨论问题的。此番徐寿来找华蘅芳亦不例外。

年长十多岁的徐寿，对华蘅芳十分关心。因此，他抵达后，率先问起华蘅芳研习外国近代数学的进展情况。华蘅芳就把他到上海墨海书院访问李善兰，结识伟烈亚力，拿到《代微积拾级》一书的研究情况作了介绍。接着他感叹地说："代数比中国的'天元术'是难多了。可是代数比'天元术'的用途也确实广泛得多。看来，外国真有些好东西，值得我们认真地学习呀！"

徐寿对华蘅芳的看法很赞成，他说："是啊，我们要使国家强盛起来，绝不能坐井观天，我们真得放开眼界，学一些新的东西。"

当他们畅谈各自的体会之时，徐寿拿出一本杂志，对华蘅芳说："在这本杂志的'科学'一栏里，说枪弹出膛后都是抛物线运动。我想了几天也没有想通。"他继续说："看起来，如枪向上方发射，子弹可能是抛物线走向。如果平射，子弹怎么还能形成抛物线呢？"

华蘅芳听完后，略加思索地说："啊！记得在《代微积拾级》这书里也有抛物线的说法，当时我为了弄通它的数理，还真下了一番功夫，略知其梗概。可是，枪弹发射后怎么会形成抛物线？这真是个问题。"

聊到这里，二人竟同时被这一新的问题吸引住了。由于徐寿的实际经验比较丰富，他指出了："书上说的一定有它的根由。可是咱们要弄明白它的要领，最好进行一下实际试验。"

华蘅芳则从自己的多年研究算学中积累起来的感悟中意识到，要掌握一种算学原理，必须自己亲自解题；了解一种说法，更需要亲身的"目验手营"。于是他说："作一下抛物线的实际试验很应该。"随后他想了下，又说："可是作这种试验并非易事啊！我看，这回咱们两人就把力量合在一起干吧。"

严谨治学　勇于探索

近代著名数学家华蘅芳

徐寿说："我正有此意。"

自此，华蘅芳、徐寿二人，在探索科学知识的道路上，便结合在一起了。而且，他们在这条路上，真将书本知识与实践探索结合起来了。

立靶试验

连日来，华、徐二人为了准备进行这场试验，绞尽脑汁想办法。在当时的社会条件下，就算要找点有关科学技术的图书资料都很困难，如今要进行科学实验，既无器材设备，又无现成的场所，可谓难上加难！虽然条件的艰苦，但并未使他们进行科学实验的热情冷却下来。华、徐二人决定自己动手，利用一切可以利用的条件，试验一下平射的枪弹出膛后，是否呈抛物线运动。

这一天，华蘅芳、徐寿又一起商量试验方法。起初，他们提出了许多种试验设想。经过反复琢磨和讨论，最后定下了这样的试验方案：在野外找一片开阔地，在地上划出很长的一条直线，然后沿着这条直线，在不同的距离中间埋设许多木柱。之后，再在每根木柱的相同高度上捆绑上一只活鸟，使这一长排木桩上的活鸟也连成一条直线。试验时，一人持枪对准第一根桩上的活鸟平射，另一个人从旁观测。他们设想，经过射击，如果绑在一条线上的鸟全部被击中，即证明枪弹是直线走向；射击后，只是在前面的一定距离内的鸟被击中，远处的鸟安全无事，便可证明枪弹的走向出现弯度（即出现抛物线形了）。

显然，如今看来，用这种方法试验枪弹的走向是否是抛物线，是不准确的，且不是科学的试验方法。可是在一百多年前，华蘅芳、徐寿敢于创新并因陋就简，想出这种试验方法，是难能可贵的。体现了他们勤奋学习，勇于实践的探索精神。而且，即便是这种简易的试验，对于华、徐来说也是困难重重的。例如：他们需要很多只活鸟，如何解决？此次试验，要求进行射击的人准性要很高，这不是轻而易举可以达到的。实际上，这些困难，他们已充分地预估。因此，他们在订制试验方案的同时又分了工。华蘅芳负责试验场地的测算，试验用品的筹办设置，徐寿专注射击训练。

一段时间以来，华、徐两人为了筹备这场试验忙得不可开交。华蘅芳想尽各种办法，托人求友定购活鸟，且走遍郊野寻找试验场地。当这些事情有了眉目，新的难题又出现了——他们需要的那么多桩子到哪里去寻找？无奈之下华蘅芳和徐寿便到远郊砍了一些竹子，费尽气力弄回来，修整出一批桩子，这个问题总算解决了。而寻找和设置试验场地，华蘅芳也同样历尽艰辛，克服了不少困难。

说到徐寿练习射击，也经历了一系列的波折。那时，旧中国用的能发射弹丸的枪支，还是那种从枪管口部装火药，用火绳引发的所谓"土枪"。这种枪瞄准难、射程短。可见用这种枪作试验是不行的。当时国外已经有了带扳机和瞄准装置的近代火枪。只是到哪里能弄到这种新式的枪支呢？徐寿通过在上海的熟人，从外国商人那里买到一支火枪。幸好徐寿对机械原理已有了解。当他得到火枪以后，经过一段时间的摸索，基本上掌握了它的性能。随后，徐寿就展开了射击练习。江南的田野，经常有农民从事农作或时时有行人来来往往。徐寿为免伤人，都是利用早、晚的时间，到偏僻的沼泽地带进行射击练习。所以，他在每次射击练习回来时，都弄得浑身粘满泥水，吃尽了苦头。

华蘅芳和徐寿经过了紧张、艰苦的努力，克服了重重困难，终于通过自己的双手，准备妥当试验抛物线说所需的实验条件。接着，他们便着手进行试验了。

在之前准备试验的过程中，他们还查阅了一些相关材料，知道枪弹的走向也受风向和风力的影响。同时，为了便于观察，必须在晴朗的天气条件下进行试验。另外，他们觉得，为免引人关注，保证试验顺利进行，时间选在晨时为宜。因此，华、徐二人为了确定顺利进行试验的时机，几天以来都没有睡好觉，连续观测天象。

试验的时机终于到了。这一天，当东方的地平线上放射出朝阳的霞光之际，天空万里无云，大地风和寂静。华蘅芳、徐寿抬着很大的鸟笼，带着枪和纸、笔，奔向早已选定的试验场地。到达目的地后，二人即按着预定的方案，迅速地在各个桩柱的预定点处绑上活鸟。这时，伴随着发惊的活鸟挣扎时发出的凄惨叫声，整个试验场地呈现出森然的气氛。

"好了，开始吧！"华蘅芳在一旁兴奋地发出了指令。此时的徐寿端着枪站在第一根桩柱前，聚精会神地在作瞄准动作……砰！清脆的枪声，划破寂静的晴空。紧接着，他们都跑到靶前，一桩一桩作了细心地检查。结果，这一枪，只是把第一个桩上的鸟打死了，第二根桩以后的鸟都安然无事。他们经过检测估计，这一枪的子弹出膛后，不是腾空，就是走偏了。接着他们又连续作了多次发射试验。同时，逐次地进行了检查、记录和作图，最后只是证实了一种情况：绑在这一排桩柱后半段上的活鸟，始终没有伤着。

虽然他们进行的这次试验，尚未准确地测出子弹

严谨治学　勇于探索

近代著名数学家华蘅芳

出膛后的全程走向，但是，华蘅芳、徐寿的心血并没有白费。他们从这次试验当中积累了丰富翔实的资料。试验后，他们便利用这些翔实的材料，继续研究相关的文字记述。从数学计算到抛物体运动原理等方面都进行了深入地探讨，渐渐搞通了抛物线说。

到了1860年（华蘅芳28岁）时，由华蘅芳著述，徐寿作图，完成了《抛物线说》一书。这部书是华蘅芳、徐寿共同探索近代科学知识所取得的第一项可贵的成果。

在当时，专门论述外国近代物理学中关于抛物线学说的著作《圆锥曲线说》一书，却是在此后六年的1866年才翻译过来的。所以，华蘅芳、徐寿合作写出的这部专论近代抛物线说的著作，在近代中国是具有开创性意义的。

探寻光的奥秘

光 的 学 问

一天下午，雷阵雨过后，华蘅芳送徐寿回家。一路上，他们边走边讨论着……徐寿无意中抬头看到东方的天际现出一道彩虹。接着，徐寿推了一下与他并肩走着的华蘅芳，指着那绚丽的彩虹说："你看！"

于是，华蘅芳便顺着徐寿的指向望去。

本来，在白天的阵雨开晴之后，由于阳光的折射和反射，会在空中形成一道彩虹，这是经常出现的一种自然现象。就这种自然现象，对他们两人来说，也并不是什么新奇的事了。

在人们的社会生活实践当中，有时一种偶然的或常见的现象，可能对有的人产生某种启示。对一名科学家来说，这种启示又往往成为他发明创造的先导，这种事例是很多的。

华蘅芳一看是雨后常见的彩虹，一时并未多想。徐寿却陷入了沉思。华蘅芳看到此情此景，有点纳闷，便问道："雪村，你在想什么？"

华蘅芳的提问，使徐寿从沉思中醒悟过来，并若有所思地说："记得在过去看过的一份材料里说，光还分不同的颜色呢。这彩虹是不是光分色的结果呢？"

徐寿的话，像一针催化剂，使华蘅芳受到了新的启发。他在想，书里有丰富的知识，在大自然里也有学问哪！他忽然觉得自己知道的东西太少了。

光的里面，也确实是大有学问的；在我国的历史上，早就有人探索过光的秘密了。但是，对光的研究，与社会生产力发展水平也是有密切的联系的。特别是与制玻璃技术的发展，有着直接的关系。因为对光作任何试验，都离不开用玻璃制作的仪器。

说到烧制玻璃，在我国虽有很长的历史了，然而，历代封建统治者，他们只是用玻璃制作一些装饰品和陈列物。从而，使烧制玻璃的技术，直到清代时仍然停留在原始的地步上。烧制出来的玻璃，不仅杂质多，而且特别易碎，根本不能用于科学实验。就是这样质量低劣的玻璃，在当时的一般人也是不容易弄到的。中国在玻璃生产技术方面的落后，当然也就限制了有关光学和化学学科的发展。

与此形成对照的是，一些欧洲国家，在玻璃生产技术方面，发展得却很迅速。到了16世纪（即在中国的明代），欧洲国家已经出现了用优质玻璃制造的望远镜了。随着玻璃生产技术的改进和提高，极大地推动了光学、化学的科学研究。从而为天文学的研究开辟了一条崭新的途径。

正是在这样的历史条件下，英国物理学家牛顿，在1666年用玻璃三棱镜，对日光作了分析，发现日光是由不同颜色的光组成的。牛顿对光具有不同颜色这一发现，成了光谱分析的基础。从此以后，在欧洲国家，逐步形成了光的学说（即光学），成了近代物理学里的一个重要的组成部分。

到19世纪50年代，外国的一些光学知识，也逐渐传到中国来了。在当时，这些科学知识，对中国来说，均是新鲜事物。不过在那时，传进中国来的光学知识也是零星的、片断的，并没有引起中国人们的普遍重视。原来，徐寿在发现有关光学的一点记述材料时，也同样没有给予特别的关注。这次，他通过彩虹的启示，联想到过去看过的光学资料，对光的印象，在他的脑海里突出出来了。同时，在徐寿的影响下，华蘅芳也对这一新颖的问题产生了浓厚的兴趣。

华蘅芳、徐寿自从那次合作以后，他们又齐心协力地探索起光的奥秘来了。

徐寿回家以后，就找出他的学习《札记》本，查到他以前记录下来的那点有关光的材料。可是，要探索光的奥秘，这一点点资料显然是不够的。所以，华、徐二人又千方百计地弄到几本介绍外国科学知识的书刊。随后，他们经过细心地查阅，又找到几条有关光学的资料。这些资料，华蘅芳、徐寿觉得太宝贵了，他们把它当做宝贝一样，百般呵护，日夜钻研，进行了多次研究和讨论。后来，他们两人又不约而同地提出了一个想法——对三棱镜分光的说法，进行一次实际试验，要亲眼见证它的奥妙所在。

水晶图章的功绩

当他们兴致勃勃地着手进行这一试验的时候，迎头遇到一只拦路虎，三棱玻璃镜到哪儿去找？徐寿、华蘅芳跑遍金匮城的大小商铺，也没有买到玻璃三棱镜。实际上在那个时候，就是走遍全国也是买不到这种光学玻璃仪器的，因为在当时的中国，既不生产这种产品，也没有哪个处所购置这种设备。在这一时期，有些外国商人向中国输入了一些玻璃制品，但都是些装饰品，不能用于光学试验。

怎么办呢？华蘅芳、徐寿在费尽心思地琢磨着……终于，华蘅芳想出一个办法，他对徐寿说："哎！咱们找几块玻璃片，磨制成三块长方形状的，把它们用线捆成三角形玻璃筒，不就成了三棱玻璃镜了吗？"

徐寿一听，觉得他想出的这个办法很有道理，便高兴地说："对！这是个好办法，咱们试试看。"

二人就按照这个想法，费了很大的力气，弄来几块大小不同、形状各异的玻璃片，打磨起来。可是，这些玻璃片既硬又脆。磨，怎么也磨不成；敲，一碰就碎。结果，他们把费了九牛二虎之力弄来的那几块玻璃片全都弄碎了，也没有制成一块长方形玻璃片，他们的这个想法落空了。

挫折和失败，给华蘅芳和徐寿带来了烦恼。但是这种烦恼，并没有使他们放弃进行科学实验的决心，他们继续想办法。

几天以后，徐寿拿着一件东西，急促地来到华蘅芳家。他们见面后，徐寿便把他带来的那件东西托在手上，兴奋地说："若汀！你看，这回有好办法了。"

华蘅芳凑到近前一看，原来是一个水晶石图章。随后，他也很快地领会到了徐寿的意思，说道："这真是个好办法。这东西像玻璃一样能反光，又不容易碎。我们把这个四方形的图章磨去一个角，不就成了三角形的了吗！"说着，说着，华蘅芳又有点为难地自言自语道："这个办法是不错，可是这东西也很硬，恐怕不太好磨啊！"

这时，徐寿却满有信心地说道："没听说古时候有人用钢梁磨绣针的故事吗？这个图章可比钢梁小得多呀。"说到这里，华蘅芳、徐寿彼此会意，都大笑起来……

就这样，华、徐二人经过几天轮流磨制，终于把一个长方体的水晶图章，磨成了一个"三棱镜"了。他们再一次通过自己不懈的努力，搬开了在光分色试验道路上的"拦路虎"。

在资料上说三棱镜能分光，但未说明如何分。现在有了"三棱镜"又怎样进行具体试验呢？这对华蘅芳和徐寿来说，仍然是一个谜。他们继续在摸索中前行。

测试光，还必须具备另一项重要条件，那就是光源。在民间，还没有电灯。一般中上等家庭中的照明，基本是使用蜡烛。

起初，华蘅芳、徐寿本着从实际出发，利用一个小的房间，在里边放上一个方桌，然后把他们自制的"三棱镜"放在一个倒置在桌上的碗底上，使它与对面安置的蜡烛顶端对齐。等到夜间，他们把蜡烛点燃后，就聚精会神地观看起这个小"三棱镜"来了。可是他们怎么看，也看不出有什么光分色的现象。随后他们又不断调整"镜"与蜡的位置、角度，还是看不出有什么异常的现象。

这是怎么回事呢？他们又遇到了问题。原来，蜡烛发出的光，一方面光线弱；另一方面光线分散。如果不用聚光设备把这种分散的光线集中成千形光，它就难以在镜体中产生反光作用。这种情况，彼时的华蘅芳和徐寿还不了解，所以他们一度陷入迷茫之中。可是，他们并没有完全失望，仍在努力思考着。慢慢地，华蘅芳依据几何学关于点、线的原理，意识到蜡烛的光线照在全屋，集中在水晶三棱镜上的光线不是太少了吗？他想这块"三棱镜"分不出光来，是不是与蜡烛的光线弱不集中有关系呢？

当华蘅芳把这个想法说出来以后，徐寿也受到启发。于是，他们两人就围绕着如何使光线集中、增强的问题想办法。他们经过反复的研究意识到，太阳光不是比蜡烛光强烈得多吗？为什么不用太阳光呢？太阳光普照大地，又怎么能让它集中在这小小的水晶三棱镜上呢？

科学研究的道路就是崎岖不平的。然而，为了追求科学真理的人，总是不畏艰难地奋勇向前。华蘅芳、徐寿终于找到了闯过这道难关的方法了。他们把小房间的门窗都遮掩起来，将它变成一间不透光的暗室。在一个阳光灿烂的晌午，他们在遮窗的黑布帘上剪开一个小孔。一条笔直的太阳光光柱射入房间。他们迅速把水晶石"三棱镜"对准这束光，并慢慢地将"三棱镜"放在靠近窗前的桌子上。随着他们移动"三棱镜"的位置，从"三棱镜"里渐渐闪现出红、橙、黄、蓝等不同的微弱光色来了。

"成功了！成功了！……"

华蘅芳、徐寿二人一边欢呼，一边兴奋地跳了起来……他们沉浸在无限的幸福之中。

在那学科学，钻研科学，被一般人视为"旁门左道"，而得不到任何保障的年代里，年轻的华蘅芳和徐寿，以那种执着顽强、不畏艰难的精神，在旧中国本就荒芜的科学园地里，多年如一日地奋勇探索，百折不挠。

他们这种敢于向传统势力挑战、勇于实践的刻苦学习精神，随着时间的推移，影响着当地那些因循守旧、墨守成规的人们，并且逐渐地被感动，发出了赞叹。到1860年左右，华蘅芳和徐寿的名字，也就逐渐传开了。

打造中国第一艘轮船

振兴国家之初衷

1861年（清咸丰十一年）的秋天，清政府的两江总督曾国藩，要在安徽省的安庆筹建一个试用机器生产的兵工厂，名叫"安庆军械所"。

曾国藩筹建这个"军械所"的目的，主要是想以此来仿造外国的近代枪、炮和兵船，进一步镇压当时的太平天国农民起义和其他的起义军。同时，也想通过此法，来扩充自己的实力。

曾国藩要建立这样一个新式的兵工厂，除了要从外国购置一些机器设备以外，摆在他面前的当务之急就是尽快招收一些懂得近代科学技术的人才。

为此，曾国藩通过各方了解，得知徐寿和华蘅芳是在这方面很有能力的人。于是，他就委派其属下江苏巡抚薛焕出面与徐寿取得联系，表示愿以授官衔等优厚的条件，将徐寿和华蘅芳请到"安庆军械所"。

徐寿在得知信息，收到请帖后，左思右想，一时拿不定主意。又因为这件事直接关系着华蘅芳，徐寿便找到他商量对策。

安庆军械所遗址

054

当时，徐寿在向华蘅芳说明情况后，又认真地说："若汀，你看我们应该如何办是好？"

华蘅芳听了徐寿说的情况，沉思了一会儿说道："说起来，我们多年费尽心血，学到了一些实际的本领，本应该找到一个为国家出力的地方，可是……"华蘅芳说到这里，显得有点为难的样子，便打住了他的话语。

此刻，徐寿接过去说道："我们苦心钻研器数之理，本是想把我们的力量发挥出来，使衰弱的国家能够得到振兴。由此说来，我们不能总是在家里'闭门造车'呀！"说到这里想了一下，又继续说："可是，曾国藩正从事军务，我们去了以后，如果也陷入他的征战当中，那该如何是好？"

华蘅芳、徐寿都怀着要振兴祖国的满腔热情，很希望能走出家门，献出自己的才智和力量。但是，他们又唯恐由此陷入兵事的漩涡。因而，这两个早已立志投身于中华科学事业的人，到这时却又陷入了进退两难的境地。他们前思后想，反复商量，也想不出一个好办法。

最后，还是年轻气盛的华蘅芳先下了决心。他有些激动地对老友说："我们都去！现在不去'军械所'还能到哪里去呢？"华蘅芳又继续说："我们不能再没有头儿地闷在家里了。不过，要向他们说定了，我们去了以后，不要一官半职，不参加军务，只作建造的事。"

徐寿听了华蘅芳的这个主张后，又考虑了一下，便赞同地说："这个主意可取。我们要作些振兴国家的事，只有走这条路了。"

华蘅芳、徐寿商定以后，又由徐寿出面，把二人的想法和要求，向薛焕派来的人作了庄重地说明。随后不几天，他们便得到薛焕的正式答复，表示完全同意他们的要求。就这样，华蘅芳、徐寿（还有徐寿的儿子徐建演等几人），怀着振兴国家的愿望，于1861年冬，离开了自己家乡，来到"安庆军械所"，踏上了新的征程。从此以后，华蘅芳、徐寿，从协手探索科学真理，进入了齐心协力从事实际建造的阶段。

中国第一台蒸汽机诞生

"安庆军械所"分设火药、子弹、谷米（加工）和内军械四个分局（每个分局，类似车间）。其中火药、子弹两个分局是直接制造武器的，只有内军械分局是试制机动船只的。华蘅芳、徐寿来到这里以后，按照他们的要求，被分到这个内军械分局里，专门从事机动船只的研制。

造船业，在我国的历史上也是很发达的。早在远古时代，就有人乘坐自造的船只横渡东海往来于华夏和日本之间。此后各朝代，我国的造船技术不断得到改进和提高。到了明代造的大型船只，曾连续穿越波涛汹涌的印度洋，远航至东非一带。然而，到19世纪50年代，中国制造的船只，仍然没有跳出利用人力和风力作动力的原始地步，中国还不能制造以机器作动力的近代船只的。

可是在国外，约1679年（中国清朝康熙十八年），法国物理学家丹尼斯·巴本发明了世界上第一部蒸汽机工作模型以后，到了18世纪后期（中国清朝乾隆年间），经过英国科学家瓦特的不断改进，蒸汽机的功能得到迅速提高。随后，在英、法等西方国家，便把蒸汽机这一新的巨大动力，陆续应用到工业、交通和造船等各个领域。到了鸦片战争时，英国已经拥有以蒸汽机为动力的远洋军舰了。鸦片战争以后，外国侵略者利用他们的各种近代船只，大肆向中国扩张侵略势力。一些侵略者还常常以此炫耀其坚船利炮，来蔑视华夏民族落后。

那时，曾国藩等一些清朝的官员们，极力要制造机动船只，主要是认为，这种近代的船只能更得力地运兵和运送作战物资，便于镇压人民的起义斗争。可是，华蘅芳、徐寿和其他一些人，是出自要振兴国家的愿望，希望能自造近代船只。华蘅芳、徐寿等人对研制中国的机动轮船，是非常积极的。

华蘅芳、徐寿抵达"安庆军械所"以后，便住在一处。自此开启他们朝夕相处的模式了。

"我们要制造自己的火轮船了！"华蘅芳激动地对徐寿说。

"是啊！我们多年的愿望就要实现了！"徐寿的心情也颇为激动。

建造中国的近代轮船，这对华蘅芳和徐寿来说，确实是一件愉悦身心的事情。此时，他们已经有较高的数学、物理及器械制造等科技知识与技能。但是，他们还没有制造机动轮船的实践经验，更缺乏必要的图书等有关资料。同时，"军械所"还是处于初创阶段，设备十分简陋，基本的工序还需以手工的方式进行。所以仍有重重难关摆在他们的面前。

鉴于这些实际情况，华蘅芳和徐寿的心里是清楚的。他们对此作了深入细致地准备，并作了各种设想。同时，他们为了保证造船工作的顺利进行，按照其各自的特长，作了分工：造船的设计和一切数据的测算，由华蘅芳完成；船体和机器的建造，由徐寿主制。

建造机动轮船，头绪繁杂，先从哪里入手呢？华蘅芳、徐寿依据过去研究的经验，找出了造船的关键。他们认为，蒸汽机是全船的要害，逐决定，先集中力量研制蒸汽机。

当时，国外广泛使用的蒸汽机，除了锅炉之外，主要有汽缸、活塞及便于曲轴旋转运动的连杆三大部分。巴本发明的早期蒸汽机，是从活塞的一端进气和排气（即汽缸只有一个汽路），因此，推动活塞运动并不灵敏。经过瓦特改进的蒸汽机，克服了上述弱点，改为从活塞的两端交替进气和排气（即这种汽缸有两个汽路了），从而活塞前后运动自如，连杆带动曲轴的运转也就十分灵活了。这种改进了的蒸汽机，叫做"往复式蒸汽机"是当时世界上最先进的机器动力。

华蘅芳、徐寿为了了解外国蒸汽机的构造等情况，四处查找资料。期间他们还几次地派出徐建演到上海等地搜集外国人出版的报刊等资料。那时，传入国内的有关机械制造方面的资料很少，他们只是一点一滴的找一点，那弄一些，真是历尽千辛万苦。

华蘅芳、徐寿利用这些零星片断的资料，反复思考，苦心设计、铸造。他们几乎是夜以继日地连续工作。期间每当华蘅芳设计出一个机器部件的图式，徐寿就亲自动手和工匠们一起铸造，他们配合得十分密切。彼时，许多工匠，知道要自造轮船，也都很高兴。因而，他们在徐寿的带领下，克服了种种困难，很快地制造出了一个又一个的机器部件。

在华蘅芳、徐寿和广大工匠的共同努力，于1862年（清同治元年）初，他们终于制造、装备完一台蒸汽机，并准备进行试验。

在初次试验的这一天，管理"军械所"的大小官员都来到了现场，令试验场地凭添了一丝紧张的气氛。

就要开始试验了。徐寿在准备开动，华蘅芳在一旁聚精会神地观察，众工匠都关心地围站在四周观看。可是，当徐寿开动以后，蒸汽机只是发动了一会儿就停车了。此刻，全场大多数人们都惊愕得不所所措；华蘅芳、徐寿在认真调整机器部件。但是，机器仍然不能运转。初次的试验失败了。

面对此情景，官员们议论纷纷。

"我早就说咱们造不成这东西嘛，你们看，怎么样？"一位官员在那里愤愤地说。

"我看还是请洋匠（即外国人）来造吧！"另一位官员提出建议。

这时，华蘅芳和徐寿来到这些官员的面前。

年轻的华蘅芳，尽量控制自己的情绪，首先说道："头一次试验失败了不要紧，我们有决心把它制造出来，还是不请洋匠为好。"

徐寿也说："你们先不要着急，还是等一等再看吧。办什么事都不能一蹴而就。"

另外，曾国藩有他的打算，也不想请洋匠到他这里来造船。因此，这些管理"军械所"的官员，听了华蘅芳、徐寿的话以后，觉得不便再深说什么，就陆续地散了。

蒸汽机，在中国从来没有人制造过。外国的蒸汽机，他们也没有亲眼看过。同时，他们在当时又无法弄到有关国外蒸汽机的系统资料。实际上，华蘅芳和徐寿主持设计制造的这部蒸汽机，在很大程度上是他

们自己的创造。再加之设备简陋，原材料不足，他们
初次试验失败，是显而易见的。

　　华蘅芳、徐寿对这次初试的失败，毫不气馁。此后，他们更加信心百倍地寻找失败的原因，一个部件、一个部件地进行检查，研究改进。接着，又一部分、一部分地装配起来反复检测。他们不但更加细心了，而且还从中吸取了许多宝贵的经验和教训。真是"失败是成功之母"，华蘅芳、徐寿在众工匠的积极配合下，又经过几个月的工夫，改进后的蒸汽机装配起来。

　　这一台由中国人首次研制的蒸汽机，汽缸成筒形，其中上层有三个并排的孔穴（即汽路）。孔穴上面设置滑阀。活塞后面接连杆，连杆上装一圆轮（形似曲轴）。当锅炉中的蒸汽排入筒状的汽缸后，滑阀自行移动，每次闭二孔，开一孔，从而推动活塞前后连续运动。活塞的运动通过连杆，又带动圆轮旋转。从它的结构来看，与国外新型的"往复式蒸汽机"类似。

　　1862年8月2日（清同治元年七月初四日），由华蘅芳设计、徐寿主持制造的中国第一台蒸汽机，要进行正式的试验了。管理"军械所"的大小官员都纷纷来到了现场。众工匠依旧围站在蒸汽机的周围。徐寿、华蘅芳镇静地站在蒸汽机旁准备操作和观察。

　　当烧锅炉的工匠把蒸汽烧足后，徐寿亲自开动，刹那间，机器发动的轰鸣声和圆轮的旋转声交织在一起，响彻试验场地。人们的视线都集中在蒸汽机上了，看！"机之进退如飞，轮行亦如飞。"

"把蒸汽再烧足一些！"华蘅芳在大声呼叫烧锅炉的工匠。

华蘅芳的口令发出后片刻，机器和圆轮的运转更加迅猛了……

蒸汽机的试验，大约进行了一个小时，才胜利地结束了。在中国历史上，第一台蒸汽机就这样诞生了。顿时，整个试验场都欢腾起来了。这时，与呆若木鸡的大小官员们形成鲜明对比的是，华蘅芳和徐寿的脸上，现出了胜利的笑容。

华蘅芳、徐寿创造性地研制成功蒸汽机，既为他们建造轮船铺平了道路；也为我国发展近代机械工业踏出了难能可贵的一步。

外国人有的，中国人也能造

华蘅芳和徐寿在解决了轮船的动力问题以后，又不停顿地开始了设计和建造轮船的工作。他们在设计、造船的过程中，再次遇到了一连串的难题：船型和内部的结构；机器的震动力与船体的承受力；全船的载重量、排水量等大量数据的测算。同时，造船的设备，解决技术和原材料问题，也是困难重重。研制蒸汽机难上加难，建造近代轮船，工程更加浩繁了。但是这时的华蘅芳、徐寿，为了给国家再创业绩，继续发扬了埋头苦干、勇于创造的精神，在艰难的征途中，不断地向前迈进。

造船和制造蒸汽机一样，设计工作必须走在前面。因此，华蘅芳的工作格外紧张。华蘅芳从多年钻研数学和从事建造的实践中深深地认识到，建造新式的轮船，除了要了解国外轮船的造型、结构、性能等情况之外，还应该掌握中国船的特点，继承中国历史上的造船经验。他认为，不论钻研学问，还是从事建造，只有"阐明古义"，掌握住事物的来龙去脉，才能"创立新术"。也就是，知故才能创新。所以，他很注意了解中国造船的历史和现状。

首先，华蘅芳通过各种办法，找来了许多华夏古代的史籍，查找历史上各朝代有关船的记载。接着，他又将这些历史上的材料加以对照和研究，逐渐地掌握了中国历史上有关造船和船的运行等情况。

华蘅芳从小就在家乡一带坐过船，可是他在那时并没有留心了解船本身的情况。在他对船舶的历史状况心中有数之后，便来亲身了解国内船舶的实际状况。

安庆城，位于波涛滚滚的长江岸边。这里的江面上，大小船只往来如梭，而且修船和造船的地方也颇多。一些天来，华蘅芳走遍修造船场，他每到一处，都耐心地向船工请教。

这一天，华蘅芳带着一点吃的很早就来到一家修造船场，观察修理一艘大帆船。当这艘帆船修好要进行试航时，太阳已经西下，江面上波涛汹涌。

"我能随船看看试航的情况吗？"华蘅芳向修船工提出了请求。

由于多日来，华蘅芳几次来了解修造船的情况，有些船工都认识他了。

"天色已晚，江上的风浪在逐渐加大，你不害怕吗？"一名船工对华蘅芳说。

"天晚些不要紧，风浪大一点更能摸清船的性能。"华蘅芳这样说着。

"那好，你跟我们一起上船吧。"船工同意了。

华蘅芳在船上，从船头走到船尾，认真观察船的动向，他一边看，一边在思考。忽然一个大浪打在船上。溅得他浑身是水，但是他依旧站在那里深思着……

这艘船试航结束时，天色已经黑下来。华蘅芳带着一丝喜悦，上岸与船工告别。

就这样，经过了一段时间，华蘅芳对中国船的历史和现状，积累了很多文字资料和感性认识。接着，他又了解国外的近代船只的情况。了解国外船只，就

严谨治学　勇于探索

近代著名数学家华蘅芳

不同于了解中国船的情况啦。因为当时介绍国外船舶的中文资料很少，几乎看不到。从1860年以后，外国的兵船不断地开进长江，来到安庆一带。可是，华蘅芳既接触不到船上的外国人，更无法随便上船观察。怎么了解外国船只的情况呢？

每天，华蘅芳很早就来到长江岸边的一个小土岗上，静心地等待外国船只的经过。可是，他从早等到晚，也没有看到外国船只的到来。华蘅芳就这样一连等了好几天也没有看到一艘外国船。终于，他终于看到冒烟的外国船开来了，但是这几艘外国船在距离江岸很远的地方航行，华蘅芳还没有看清楚的时候，船已渐渐开过去了。不知经过了多少天，华蘅芳才遇到两次靠近的外国船，总算了解到一些船的船型外观和航行情况。

从此以后，华蘅芳就利用他所能看到的中外船只的资料和情况，展开了艰巨的设计工作。

此时，徐寿也忙得不可开交。他为了解决没有船坞的困难，就和工匠们一起，在一处比较平坦的江边，利用大批的木桩、石块和泥土堆积成一平台，以此来代替船坞。在这个过程中，徐寿的儿子徐建演，还为徐寿出谋献策，跑东走西，作出了不小的贡献。

到了1865年（清同治四年）夏，正当华蘅芳和徐寿设计、建造的轮船初显成效的时候，曾国藩和后任的江苏巡抚李鸿章，又筹划在上海建立更大的兵工厂——江南机械制造局（由洋务派领军人物李鸿章创办的）。为此，曾国藩又传令，让华蘅芳和徐寿帮助筹划江南机械制造局的相关技术事宜。

消息传来，怎么办呢？难道即将告成的建船工程就此停下来吗？他俩商量此事。华蘅芳说："无论怎样，我们也不能让这艘将要建成的火轮船半途而废。"

徐寿说："对，我们想一个两全其美的办法。"

华蘅芳又说："建造轮船，这是曾国藩的成命。我们请求一下，还是把船造出来。"

徐寿考虑了一会儿说道："帮助筹建江南机械制造局也是一个机会，我们可以利用这个契机，多了解一些外国的科学技术。"想了一下又接着说："我看这样，我们答应帮助筹划。先在这里一边继续造船，一边进行筹划。"

华蘅芳听到徐寿的主张后，赞成地说："好，这个办法好。"

就这样，在此后的一段时间里，华蘅芳、徐寿更加紧张了。他们在加紧赶造轮船的同时，还得利用有限的一点间隙时间，考虑一些江南机械制造局的技术问题。

1866年4月（清同治五年三月），轮船终于造成了。这艘轮船，长五十余尺，载重25吨，每小时逆水航行四十余里，顺水每小时航行六十余里，取名"黄鹄"号。

在试航的这一天，江岸上人山人海。当时有不少居民，听说中国也造出自己的火轮船来了，都争先恐后地赶来观看。

试航开始了。徐寿在舵房里掌舵，华蘅芳在机舱里观察机器的运转情况。船上坐满了工匠。伴随着尖利的汽笛声，轮船徐徐开动，离开了码头，驶向奔腾咆哮的激流中。

轮船在江中乘风破浪，航行了很长一段距离之后，又调转船头，作了速航和转弯等试验。最后，安全地

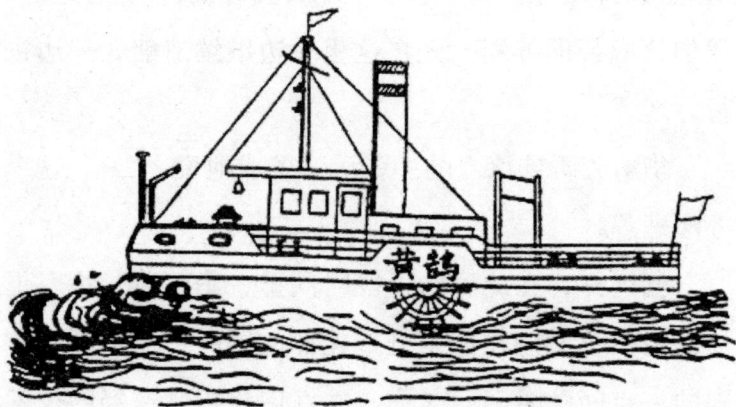

黄鹄号轮船

返航，稳稳地停靠在码头。江岸上观看的人群跳跃、欢呼："中国也有火轮船了！"顿时，江岸上场面异常活跃。

当华蘅芳和徐寿从轮船上最后走下来的时候，许多人都围上前来向他们挥手致意。其中有一个人自豪地大声说："洋人之智巧，我中国人亦能为之，彼（外国侵略者）不能傲我以其所不知矣！"他的这句话，表达了近代中国人民的共同心声。

由华蘅芳设计、徐寿主造的这艘"黄鹄"号机动轮船，和其他新生事物一样，虽然还存在许多缺陷和不足，但是，它却成了中国建造近代轮船的起点。华蘅芳和徐寿，继中国历史上首次制成蒸汽机之后，又成功的制造成中国第一艘近代轮船，这些创造性功业绩，正是近代中国人民的骄傲。

传播科技知识

艰巨的翻译工作

华蘅芳、徐寿在完成了我国第一艘轮船的建造工作之后，就越来越多地关注江南机械制造局的事宜了。

华、徐这对风雨同舟多年的亲密伙伴，当他们即将结束已经走过来的那一段不平凡的历程，又要踏上新的征途之际，都是心绪万千。他们又在一起商量今后的设想了。

久经风霜，年近五十的徐寿，又颇有感触地先开口了："看来我们就要到江南机械制造局去了。我们真得考虑一下今后的打算。若汀，你有什么想法？"

实际上，在去年提出这件事以后。华蘅芳在从事造船工作之余，也确实在这方面作过一些考量。所以，当徐寿又提起此事时，华蘅芳便毫不犹豫地说道："我看不管上边怎么打算的，我们确实应该有一个设想。"他说到这里，停了一会儿又继续说："通过我们这一段时间的建造工作，更说明了缺少科学技术知识，我们从事建造是要走弯路的。看来，尊君（徐寿）原来的设想确是个高见，我们可以利用这个新的契机，把力量放在翻译外国的科学技术图书上面。这不但能增广我们的见识，更重要的是能够把译过来的外国科技书刊印出来广泛传开，让更多的人都能掌握。"

事实上，徐寿也是早有这个想法了，只不过他还没有拿定主意罢了。故而他接下来说道："我也有过这样的想法，在当今，必须大力向国人介绍外国的科学技术知识。可是，这很不容易啊！"

华蘅芳又说："要振兴国家，光靠我们自己埋头建造是不够了。"

他们两人说来说去，都集中在一点上了，那就是，要充分利用自己已有的知识和能力，集中力量翻译外国的科学技术著作，并利用"江南机械制造局"的条件，进行广泛传播。他们两人还就各自的特长，作了翻译外国科技书的分工：华蘅芳侧重在数学、地质矿务学方面；徐寿着重在化学、机器制造方面。同时，他们互相约定，既分工翻译；又合作互相校订。

徐寿提出了一个令其惴惴不安的问题。他说："我们翻译外国科技书，可是不懂外国文字怎么能行呢？"徐寿又有点为难了。

华蘅芳听到这里，便胸有成竹地说道："这是个困难。不过，我在幼年的时候，曾经到过上海墨海书院，亲眼看过李壬叔（即李善兰）与外国人伟烈亚力合力译书的情况。李壬叔也不懂外国文字，可是伟烈亚力会说中国话但又不通中国文字。因此，他们两人把力量合起来，由伟烈亚力口译，李壬叔笔录整理、修订。"他接着说："这个办法是有点笨拙，但在目前，也可以用这个办法来弥补我们不懂外国文字的缺陷。我们是否也这么办，请几名愿意帮助我们译书，又懂中国话的外国友人，与他们合力进行。在这里，只要是我们通晓或能理解书中的内容，甘愿费些事，还是能够译出书来的。"

历史说明，当时到中国来的外国人，并不全是对中国人怀有敌意的侵略者。其中也有少数到中国来只是为了作买卖（赚钱）或传教的人，甚至也有一些对中国人民怀有某种同情感的人。这种情况，徐寿也是有感受的（因为徐寿在早年也到上海等地查找过外国科技资料）。所以，当他听了华蘅芳说出这些想法后，也很受启发，从而消除了他的顾虑。

曾国藩和李鸿章创办江南机械制造局的主要目的，也只不过是为了制造更多、更好的新式武器和新式船只，以便更有力地镇压人民，维护清王朝的统治。他们想通过学习外国的机器生产的办法，来达到反人民的目的，也感到引进外国科学技术知识有必要。因此，华蘅芳、徐寿提出翻译外国科技资料这个设想和要求，

严谨治学　勇于探索

近代著名数学家华蘅芳

也就被李鸿章他们采纳了。1868年（清同治七年）6月，在江南机械制造局里面，增设了一个翻译馆。并请来英国人伟烈亚力、美国人付兰雅、玛高温等外国人，责成华蘅芳、徐寿与这些外国人一起，从事翻译和出版外国科技图书的工作。

原来，华蘅芳和徐寿为了向李鸿章提出他们的译书设想，早在1867年初就从安庆来到上海江南机械制造局。而且从那时起，华蘅芳也就开始了译书的工作。当翻译馆建立以后，他们就把翻译和准备刊印外国科技书的工作全面展开了。

翻译外国的科技图书，在中国历史上，华蘅芳和徐寿还不能说是开创者。早在二百多年以前的明代，就有人进行过这方面的工作了。但是，在那时，翻译外国科技图书的种类还很少。并且从那时起，又间隔了二百多年。特别是，在这当中经过清朝统治者的毁弃，到后来，一些翻译过来的外国科学技术图书，又没有完好地保存下来。从这种情况来说，在中国历史上，比较全面、系统地翻译和刊印、传播外国科技知识，是到了19世纪五六十年代以来，由李善兰，特别是由华蘅芳和徐寿进行的。在这方面，华蘅芳和徐寿虽然不能说是开创者，但也算得上是半个拓荒者。

要拓荒，在他们前进的道路上就不可能是平坦的。

所以，当华蘅芳、徐寿刚开始译书的时候，就遇到了问题。仅就许多科技名词术语来说，在中国的词语中找不到，这应该怎样准确地译成中国文字呢？甚至在化学和矿物学方面涉及的一些化学元素名称的真实含义，华蘅芳、徐寿也一时弄不明白，无法进行笔录。

他们为了闯过这一难关，想出了各种办法：除主动、反复地向进行口译的外国人请教这些化学元素名称的含义之外，他们又不辞辛苦地到处奔跑，找到一些经营外国商品的商人和从事工艺制造的手工业者，向他们进行询问。

华蘅芳、徐寿在通过各种途径，弄明白了一些不懂的科技名词、术语所指物质的性质、特征之后，又采取了一些不同的办法作了处理。有些化学元素是属于金属性质的，他们就用中国的同音字加上"金"字旁，如"镁"、"钾"等等；有些元素是属于矿石性质的，他们又用中国的同音字加上"石"字旁。华蘅芳、徐寿作的这种表述方法，实际也是一种创造，而且有一些一直延用至今。此外，对其他一些科技名词，他们也根据其属性，用中国的同音字和代表这个物质含义的中国字结合在二起表述。如："养（后来改为'氧'）气""轻（后来改为'氢'）气""火轮船"（后来简化为"轮船"）等等。至于一些外国的人名、地名，就译音了。

华蘅芳、徐寿在翻译外国科技图书的过程中，态度十分严谨。他们把所有翻译过来的名词、术语和人名、地名等等，都一一列出中外文对照表，为的是便于读者对照，了解它们的真实含义。同时，也希望他人不断地改进和提高翻译水平。

人们可曾想到，就是在我们现在学习的数学、物理、化学等科技书的每一个名词术语当中，也都凝集着前人的心血呀！

说到华蘅芳、徐寿翻译外国科技图书的具体过程，同样充满了艰辛。

在那国人还没有条件或者还来不及系统学习掌握外国文字的时候，以外国人口译、中国人笔录的方式来译书，这确实是一种被迫采取的原始办法。所谓的外国人口译，就是外国人把翻译的书的意思，一句一句、一段一段地口述出来就算了事。其余的中文译文、内容准确性的推敲，以及整理、抄写和编印等大量工作，系国人来承担。另外，能说中国话的外国人，绝大多数都是说得不流利、不准确的。因此，要把外文书的内容准确、通顺地译成中国文字，实非易事。这不仅要求中国的笔录者，要具有这方面雄厚的知识基础，还要有坚强的毅力和刻苦的钻研精神。

华蘅芳翻译的第一部外国科学书，名叫《金石识别》，共12卷，是由美国人代那写的一部关于地质探矿学方面的著作。与华蘅芳合作，进行口译的是美国人玛高温。

当时，华蘅芳只带着一个书童和一个佣人，住在江南机械制造局原址，上海虹口的一个小房子里。玛高温住在上海租界里，他们之间有相当长的一段路程。译书工作一半在玛高温的家里进行，一半在华蘅芳的住处来作。

在译书的期间，华蘅芳每天都是很早就用完早饭，徒步走到玛高温的家里，听口译作笔录。中午，回到住处吃完饭再去。紧张的时候，华蘅芳就自己带点食

严谨治学　勇于探索
——近代著名数学家华蘅芳

物，中午时不管凉的硬的，只是充饥了事。每天晚上，他都是带着一天的初译稿，回到住处，在夜间进行推敲、整理。华蘅芳常常直到天晚才回家，在住处又接连工作到深夜。一旦遇到难解的问题，他还得到处奔波求教查考。真是不辞辛苦。

由于华蘅芳是初次译书，对译书的情况不甚了解，实际上他完全是在摸索中进行，所以，进展得十分缓慢。虽然这样，在玛高温的积极配合下，华蘅芳付出了大量时间、精力，克服了重重困难，经过两年多的时间，《金石识别》一书，终于全部翻译完成了。到了1871年，这部书由江南机械制造局翻译馆刊印出售，流传于世。《金石识别》，是第一部翻译介绍到国内来的有关地质、采矿方面的外国科技书。

华蘅芳在译出《金石识别》一书以后，又接着与玛高温合作，先后译出了《防海新论》《御风要术》等外国科技书。并且也都由江南机械制造局翻译馆刊印出来，介绍给国内。

华蘅芳越干越起劲。用他自己的话说："自恃精力之强，不自知其劳苦也。"于是，从1870年起，他又与玛高温合作，着手翻译《地学浅释》一书。这部书的篇幅比较大，一共38卷，是由英国人雷狭儿写的地质学著作。

在翻译这部书的过程中，华蘅芳除了依旧日夜奔忙，进行自己的译书工作之外，还要不断地和徐寿研究译书的一些问题，且时常抽出时间给李善兰校订一些书稿。这时的华蘅芳，几乎没有休息时间。他已经把自己的全部精力投入到传播科学知识的事业中了。

当时，华蘅芳的年近四十，正是一个人体力强壮的阶段。然而，他的身体却在日渐消瘦，他的面容给人们一种憔悴的感觉，头上已生出缕缕白发……无疑是他多年积劳的记录了。

华蘅芳在翻译到《地学浅释》一书的第十七卷时，身患痢疾，连续便血。即便如此，他还是带病照常到玛高温的家里继续译书的工作。直到后来病情加重，卧床不起的情况下，他才无奈留在家里调治。

华蘅芳病倒以后，徐寿立即来到他的住处探望。当徐寿看到躺在那里的华蘅芳已骨瘦如柴、面无人色的时候，他感到十分痛心。

"若汀，你感觉怎样……"徐寿亲切地问着。

华蘅芳看到这位老朋友来了，心潮澎湃，感到一种莫大的安慰，同时，也很激动。当时，他拉住徐寿的手，一时不知道说什么是好。过了片刻之后，他慢慢地说："感觉还好，正在调治……"

这时，徐寿以一种怜惜的心情说："你太疲劳了。"

过了一会儿，华蘅芳有点儿激动。他说："我现在看到那么多外国的科技书，心中太高兴了，恨不得尽快把这些外国的书都翻译过来，介绍给国人。"他说到这里停了下。过了一会儿，他以一种愧疚的语气说："可是，我太不中用了……"他似乎有点说不下去了。

徐寿听了华蘅芳说的这些话，顿时往日的情景又一幕一幕地重现在他的脑海中：华蘅芳为了探索科学知识，多年如一日不辞辛劳；他为了振兴国家，苦心筹划从事建造。现在……他越想，越感到他这个老朋友可亲可敬。徐寿关切地说："无论国内还是国外，知识浩如烟海，而且无穷无尽。你对研究知识，不是主张一步一步循序渐进吗？现在我们译书、传播知识，也不能一下子完成啊！请君保重身体为是。"

华蘅芳听了徐寿的劝说和宽慰的话语之后，越发地感到亲切……

几天以来，翻译馆和机器局里许多华蘅芳的好友和了解他情况的人，都陆续地来看望他，劝他不必忧急，安心养病，对他表示了极大的关心。

玛高温，这个来到中国的美国知识分子，通过与华蘅芳几年合作共事，对华蘅芳谦逊勤奋、吃苦耐劳的品德和渊博的知识、丰富的学识深为敬佩，他们之间建立了深厚的感情。在华蘅芳治病休养的期间里，玛高温曾亲自来到华蘅芳的住处看望他的这位合作者。玛高温的到来，一方面说明他对华蘅芳患病很关心；另一方面，也表现了他对译书工作的热忱。他来到华蘅芳的住处以后，了解了病情与治疗情况后，宽慰华蘅芳静心养病，并诚恳地表示，一旦华蘅芳的病情好转，他愿意到这里来继续进行译书工作。

　　华蘅芳听到玛高温这些诚挚的话语心里特别高兴。他觉得，玛高温的友情太可贵了。从而受到巨大的鼓舞，心情感到振奋。

　　在朋友和同事们地悉心照料下，经过几个月的治疗和休养，华蘅芳的病情日见好转，逐渐可以到室外活动了。于是，他又不时地拿起笔、稿，在家中整理起译稿来了。

　　当玛高温知道这些情况后，真的带着书籍、文具到他的住处来了。华蘅芳又兴奋、又有点不好意思，一再说："我的病好了，能够走路了，还是我到你那里去吧！"

　　玛高温连连摆手示意，让华蘅芳冷静下来。诚恳地说："我们先把这部书（《地学浅释》）译完再说吧。"说着，他就和华蘅芳一起，继续工作起来。

　　就这样，又经过一段时间，他们便译出了这部书余下各卷的草稿。华蘅芳自己又用了几个月的光景，

严谨治学 勇于探索

——近代著名数学家华蘅芳

对全书的译稿作了修订、整理，并且作出了书中名词术语的中外文对照表，最后誊清付印了。

在此后多年，华蘅芳又分别与玛高温和另一个美国人金楷理，以及英国人付兰雅，合译印行了《测候丛谈》4卷（天文、气象学）、《代数术》25卷、《微积溯源》8卷（英国人华里司著。此书是华蘅芳作为李善兰和伟烈亚力合译的《代微积拾级》一书的补略翻译的）、《三角数理》12卷（英国人海麻士著）、《代数难题解法》16卷（英国人伦德著）、《决疑数学》10卷，以及英国人白尔尼的《合数术》11卷，等等。

总体来说，华蘅芳从1867年到上海江南机械制造局，直到他年老体衰的二十余年里，与外国人合作、翻译、介绍到中国来的外国科技著作，一共有12种160卷。华蘅芳最突出的贡献是西方国家在数学方面的概率论和矿物学等近代科学著作，是由他率先翻译过来，介绍给国内读者的。

徐寿自从到江南机械制造局翻译馆以来，也与外国人合作翻译了一些外国科学技术方面的著作。在翻译外国的化学著作方面，作出了突出的贡献。不过，在徐寿译书的过程中，正是他的晚年。随着他年龄的增高，视力不断减弱，行动越来越不方便。华蘅芳便主动地帮助他查证情况、校核和整理译稿、协助徐寿做了很多工作。可以说在徐寿的一些译著中，也包含着华蘅芳的心力。

随着华蘅芳和徐寿翻译、印行的大量外国近代科学技术著作，在当时社会上的广泛流传，产生了较广的启蒙作用。甚至他们的部分劳动成果，还一直延用到现在。

除此之外，有些华蘅芳、徐寿翻译的欧美国家的科技著作，流传到日本，在日本也产生过很大的反响。例如，后来日本曾派出柳原前光等人到中国的江南机械制造局翻译馆访问，"购取译本，归国仿行"。

华蘅芳和徐寿在通过译书传播近代科学技术知识方面，也作出了杰出的贡献。

倾力著书

华蘅芳在上海翻译外国科技图书的时候，经常有一些人找到他请教数学方面的问题。起初，他并不认识他们。可是他都像对待朋友一样，不但都给予了热情地款待，还在繁忙的译书工作当中抽出时间，耐心地回答他们提出的各类问题。

这些前来请教的人，提出的问题是多种多样的。有关于中国古代算学的问题，也有关于外国近代数学方面的问题。对他们提出的这些疑惑，凡是华蘅芳知道的，他都作了细致的解释和回答；对有些属于一般性的问题，华蘅芳也认真地给他们指出一些书目，让他们回去自己研读。

后来，随着华蘅芳的名气越来越大，来向他请教问题的人也越来越多。来的人，有一些还来自与上海邻近的乡间。

有一次，华蘅芳遇到一位来向他请教问题的客人，越看越觉得面熟。经过谈话他才知道，原来这位已是第二次来了。客人家住苏州乡间。因为他对算学有兴趣，自己在家里钻研算学已有很长一段时间了。他积累了一些难解的问题，苦于找不到明白人给他指点。当他听到一些有关华蘅芳的事迹后，便兴致勃勃地到他这里来请教。当时，华蘅芳在给他解答了一些问题后，提供一些书目让他回家后继续钻研。此人回家以后，虽然费了很大的力气，却怎么也找不到这些书。所以，他又来向华蘅芳请教了。

这件事，令华蘅芳受到很大的触动。当此人走后，好多天，华蘅芳始终觉得内心无法平静——他回忆起自己在钻研算学时的艰难情景；又联想到现在一些学算学的人的无数苦衷。在他的心里激起了一种强烈的责任感。他要使更多的人掌握数学知识，自己光是从事翻译、刊印外国书籍还不够，毕竟有一些人直接学习外国书有各种困难。他觉得还应该将自己多年学习中的心得体会写成书，通过自己的理解，把中外的算学成果介绍给国内的人们。同时他又想：算学这门学问是无止境的。前人、外国人已经弄明白了的数理，应该介绍给人们；前人和外国人还有一些没弄通的问题，我们更应该研究"阐发"弄明白后传给人们。他又想，我也肯定不能把所有的问题全弄明白，但是，即使这样，也可以把自己一些不成熟的看法写出来，让他人和后人"能因我之言（看法），而设法以明之（研究明白了）"，这也是一件好事。

于是，华蘅芳就怀着"上可无愧于古人，下可有裨（益）于后学"的强烈愿望，继40岁以来，在继续从事紧张的译书工作的同时，又奋力写起书来了。

本来，华蘅芳译书工作的分量，就已经十分繁重了。现在，他自己又从事艰巨的研究和写书工作。他的这些工作量，真是达到了惊人的程度。可是，华蘅芳和当时其他一些致力于科学事业的人一样，为了开拓祖国的科学荒原，已把自己的一切完全贡献出来了。

繁重的工作，对一个人的身心来说，消耗是很大的。特别是华蘅芳在经过上次重病以后，他的身体一直没有完全康复，而是更加虚弱了。尽管这样，华蘅芳仍旧夜以继日地工作着。

严谨治学 勇于探索

——近代著名数学家华蘅芳

　　一天傍晚，华蘅芳在江南机械制造局翻译馆的一位朋友来到他家里。看到桌子上堆满了文稿，他正在拼命地书写着，直到朋友走到他身边，他才猛然发现来人了。

　　他们两人一边喝着茶，一边在谈论着……当华蘅芳的朋友知道他从事着极其繁重的工作情况时，钦佩地说道："尊君（对华蘅芳的尊称），正如春蚕吐丝，到死方尽耳！"

　　过了一会儿，华蘅芳深情地说："吾果如春蚕，死而足愿矣！"

华蘅芳真的以自己的实际行动兑现了个人愿望，到了1882年（清光绪八年），他50岁的时候，与翻译完成多部外国的数理著作的同时，更以惊人的毅力，自己写出了《学算笔谈》前六卷。当这一消息传出后，不少人纷纷前来，表达希望他尽快把这一著作的前六卷刊印出来"先示于人"。

当时国内的印刷条件还是很低下的。江南机械制造局的翻译馆具有一定的印刷能力。可是，这里正忙于印刷翻译过来的外国科技著作，华蘅芳自己写的书难以在短时间内排印。鉴于这种情况，华蘅芳为了满足社会上很多人的迫切需求，除了自己动手刻版和校对之外，又个人出资雇了一些人，以旧式的刻版印刷的方法，把他的《学算笔谈》前六卷印制出来，散发到社会上了。

接着，华蘅芳又利用译书的空隙时间，在继续完成《学算笔谈》后6卷之后，又连续写出了《开方别术》一卷、《开方古义》二卷、《数根术（解）》一卷、《积较（演）术》三卷、《算草丛存》四卷等，加上他与徐寿合作的早期著作《抛物线说》一书，华蘅芳共写出了二十多卷数理著作。他的一些数学著作，后来汇编成《行素轩算稿》，一直流传至今。

《学算笔谈》12卷，是华蘅芳的代表作。这部数学著作在当时是一部独一无二的数学普及读物。华蘅芳在这部书里，把古今中外的数学综合在一起，以通俗简明的语言和具体形象的例题，介绍了从加、减、乘、除、开方到当时数学的最新成果微分、积分的数理及其解法。而且，他又以浅显的论说阐述了精深的数理。同时，他为了广泛地传播数学科学知识，给初学数学的人提供方便，他还在这部书里，利用大量的篇幅结合个人钻研数学的经验，介绍了许多学习数学的方法。例如：他强调学数学要"由浅而深""循序渐进"；要善于考究各种数理、算法的"异同点"，力求举一反三；提倡既要苦心钻研，又要"能进能出，不钻牛角尖"。他说，学数学不知"此中之艰苦者，不能洞悉（了解）其曲折（道理）"，等等。这些是值得后世学数学的人吸取的宝贵经验。

华蘅芳的《学算笔谈》一书问世之后，立刻得到社会上重视科学技术的人们的广泛欢迎。几年之内，这部数学著作连续重版十多次。在东南沿海地区的知识分子当中，这本书流传最广。

在华蘅芳的这些数学著作当中，也有一些具有独创性的数学研究成果。他在《开方别术》一书里论证的"并诸商为一商"的开方理论和方法，就是对中国古代开方术的一个新的发展。华蘅芳在书中，把中国古算书中的开方方法大大的简化了。因此，他提出的这个开方的新见解，被近代中国的权威数学家李善兰评为"空前绝后之作"。特别是，他在《积较（演）术》一书里提出的一些见解，更有独到之处。

华蘅芳在他的《积较（演）术》当中，提出类似数论性的数理见解，与此后日本从外国翻译过来推行的"推差法"数学理论相似。可是，这种"推差法"在日本推行时，却比华蘅芳提出这一数理晚了十多年。所以，华蘅芳的《积较（演）术》一书，在当时也是一部具有创造性见解的数学著作。

许多年来，华蘅芳在从事繁忙的译书工作的同时，又写出了许多科学著作。他把自己多年的科研成果、从事实际建造的经验，以及对国外科学知识的理解，介绍给国内的芸芸众生。这对启发人们对科学技术的认知，开化因循守旧的社会风气，都起到十分裨益的作用。

对后世的寄托

在 1884 年（清光绪十年），华蘅芳 52 岁的时候，徐寿辞世了。

徐寿是华蘅芳亲如手足的良师益友。他们二人在几十年的共患难、同安乐，从事科学研究和建造的过程中，结下了极为深厚的情谊。华蘅芳对徐寿的离世万分悲恸，很多日子以来，他都感到心中好像失去了"主心骨"一样，悲痛欲绝。

但是，徐寿的离世，令华蘅芳得到很多激励。他想：病与死，乃人生必有之事。故一个人要充分利用他活着的时间，多作些事情。进而他暗自盘算，自己的年龄也不小了，今后要把希望寄托在广大的后来者（青少年）身上。他想到这里，认为以后自己要在这方面多做些事。后来他经过反复地思索，觉得除了通过译书和写书来传播科学知识之外，还应该利用到各地讲学的办法，当面向人们传授科学知识，这也是开通社会风气的一种好方式。

所以，华蘅芳从55岁（1887年）以后，把他的精力侧重在讲学方面了。

早在1867年，华蘅芳和徐寿从安庆来到上海以后，他们根据上海的一些特殊情况（如，在这里接触外来的事务比较方便等等），对他们原来打算传播外国科技知识的想法作了一些改变。因此，当华蘅芳按原定计划立即着手从事译书工作时，为了扩大传播外国科技知识的门路，徐寿就联络了付兰雅、伟烈亚力等外国人，并邀约了上海的一些思想开通的官绅，于当年，在上海成立了一个介绍外国社会、科学、宗教等情况的文化宣传机构，取名上海格致书院。在这个书院成立以后，华蘅芳也到这里来讲学，大力宣传外国的科学技术知识，在上海一带产生了很大的影响。

1892年（清光绪十八年），华蘅芳年已六旬岁的时候，湖北省城武昌的两湖书院派人请他前去讲学。

请他的人来到上海华蘅芳的住所，看到要请去讲学的人，已年过半百，心中有点为难了。

后来，经过华蘅芳再三追问，知道此人的来意后，他还是那样的泰然自若，高兴地说：“啊！我已接到来信，正准备启程赴鄂（湖北）。你来得正好，咱们一起走吧。”

来人看到这种情况，受到很大的鼓舞，连忙说：“华公，你年事已高，路途又遥远，你的身体能吃得消吗？”

“还是可以的。”华蘅芳说。接着，他颇有感触地说道：“年纪大了，更要奋力才是呀！”

几天之后，华蘅芳便在这个来人的照料下，乘船来到湖北武昌两湖书院。

这家书院，原本是一个旧式的文化机构，经常请一些有学问的人到这里来讲学。在此之前，到这里来讲学的人，都是讲些诸子百家的著述和书法等。华蘅芳到这里专讲数学，还是大姑娘上轿头——头一回。

由于当时一般的人，对数学既不怎么了解，也不重视，因此，起初来听华蘅芳讲学的人并不太多。虽然这样，华蘅芳还是很认真的。同时，华蘅芳觉得，正因为这里的人们对新的科学知识还不了解、不重视，更应该想尽办法打开这种守旧的社会局面。所以，他虽然已经年老体衰，可是他来到这里后，就带着一个书童，住到这家书院的一个房间里，为的是能够经常了解到来听讲的人的情况，以便改进讲授方法。

因为两湖书院在当时还不是一所正式的学校，所以到这里来听讲的人，经常来来回回，流动性很大。同时听讲的人，连一点数学基础知识也都没有。这种情况，当然就给讲学的人带来很大的困难了。

华蘅芳在这些困难面前也不松劲。人多时他讲；人少时，甚至在只来几个人的时候他也讲。同时，他根据听讲人的实际情况，不断改进自己的讲授方法，逐渐地打开了局面。

到了第二年（即1893年），当时的湖广总督张之洞，在维护封建思想的同时，也想倡导一些外国的科学技术。所以他在这一年，与湖北巡抚谭继洵一起，又在武昌成立了一间自强学堂。这家自强学堂就有点学校的性质了。在这间学堂里也设立了一门算学课程。到1894年，自强学堂的算学课程移到了两湖书院，主要由华蘅芳来讲授。从而，情况有一些好转了。

华蘅芳的讲学，是从他自己怎样在少年时代就抛弃科举的念头，而钻研算学的情况讲起的。他以自己的亲身经历，讲了数学的实际用途，从而激发了听讲人对学数学的兴趣。这样一来，在听讲的人当中，就不断有些议论了。

有人说："算学真有用啊！"

又有的人说："这学问真新鲜，太好了。"

也有人说："算学好是好，可是不容易学啊！"……

在他的这部分内容讲完之后，听讲的人就越来越多了，特别是青少年增多了。同时，来听讲的人也比较稳定了。

在讲数学的过程里，华蘅芳针对听讲的人毫无数学基础知识的情况，还是像教小学生那样，以浅显易懂的语言和具体生动的事例，反复讲解加、减、乘、除的算法，给来学习的人打基础。经过很长一段时间后，华蘅芳看到，大家已经基本掌握了这方面的数理和一般的演算方法，他的讲授就加码了。

一次，华蘅芳给大家出了一个题目：某日买笔2支，用钱14文。某日买墨1绽，用钱10文。某日买纸10张，用钱20文。问共用钱若干？

当华蘅芳把这个算题刚一出完，下边就有不少人齐声喊出："44文。"

华蘅芳听到大家的回答以后，却显出一种不满足的样子说道："44文是对了。不过，你们谁能说说这个题的意思？再按照这个题的意思把题改动改动？"

这时，下面便沉闷起来了。过了一会儿，有些人又回答了。可是，这个人说这样，那个人说那样，不一而足。

于是，华蘅芳就给他们讲起来了。他说："这个算题问的是共用钱若干，因此它和时间就没有关系。这三个'某日'两字可以删去，也可以改为'某月''某年'。"接着，他又说："因为问的是共用钱若干，所以这与买的什么东西也不相关，题中的'笔''墨''纸'三个字既可以删掉，也可改为'茶''酒''油'。"随后，华蘅芳又进一步讲解："学算学的人，遇到任何一道算题，不管难或容易，首先要看明题意，掌握算理。只有这样，才能通过其一，了解其二、其三，以至无穷，达到举一反三的效果。

华蘅芳就这样，利用浅显易懂的算题，讲出深奥的数学道理。并且通过这种办法，来培养人们分析判断问题的能力，从中来提高数学知识水平。

一段时间以后，听讲人的数学水平，确实得到了明显的提高。于是，华蘅芳的讲授又逐步加深了。这时，他对列出的每一个算题，不但用"中（国）法"来解；又教大家用"西法（外国的）代数"来演算。当大家掌握代数的数理和解法以后，他又给人们讲几何学……

后来，当华蘅芳看到跟他学习的人，具有相当多的数学知识了，就接着又下功夫培养这些人利用数学知识来解决实际问题的能力。

一直以来，他总是亲自带领着跟他学习的人，到郊外的田地里，实地测量和计算土地的面积。他们今天到这里，明天又到那里，找寻各种不同的地形、地块进行测算。在这个过程当中，他们每到一个地方，华蘅芳总是用手比划着地形，给大家讲述测算土地面积的各种方法。如此，竟引起了当地一些农民的注意了。特别是那位白发苍苍的老者（华蘅芳），更成了农民们集中注意的对象了。由于当地的农民们不了解他们在干什么，导致当地的农民误把华蘅芳当做风水先生了。

华蘅芳在两湖书院的辛苦付出，既培育起一批掌握了数学知识的人才；也起到了开化社会风气的良好作用。因此，华蘅芳的影响进一步扩大到长江中游地区。此后，两湖（湖南、湖北）一带的人们，便把华蘅芳尊称为"泰斗"，以示对他的敬仰。

华蘅芳怀着传播科学知识的强烈愿望，在两湖一带播下了科学的种子之后，又风尘仆仆地回到他家乡附近的无锡埃实学堂。

无锡埃实学堂，是1898年以后在当地新成立起来的一所中国早期的小学校。到这里来学习的都是些幼儿，而且这间学堂也有了一些简单的教学设备了（如黑板等）。

这时期，华蘅芳的年纪已经接近70岁。可是，他的精神仍然显得那样的旺盛。特别是，当他看到这些天真活泼的儿童们都来学习科学知识，他的心里更是无比地兴奋。

在这个期间里，华蘅芳同样像一位辛勤的园丁，在精心地浇灌、培育着这些幼苗。他在每次讲课时，都手指着黑板，细心地向学生们传播数学知识。就这样，他在这里经过一段时期的辛勤培育，使这些年幼的学生们，也逐渐地积累了许许多多的数学知识。他们不但学会了加、减、乘、除法；还掌握了开方、代数的一些原理及其解法。

后来，当华蘅芳看到这些幼苗不断地成长起来时，在他的内心充满了无限希望。

一次，华蘅芳又来上数学课了。当他讲了一会儿以后，就在黑板上写出了一道数学题。华蘅芳对学生说道："这个算学题，先由我来演算。"他说完之后，自己就在黑板上算起来了。可是，在他算题的过程中，下边不断地发出一些议论声。当他在解完算题转过身来的时候，全课堂的学生居然都哄堂大笑起来了。并且一些学生还喊着："先生误（错）矣！先生误矣！"

此时，华蘅芳却很镇静地站在那里看着学生，过了一会儿，他说道："我算错了，你们谁来算一下？"

不大工夫，站起来一名学生，大步走到黑板的前面，拿起石笔，很快就在黑板上算完了这道题。

华蘅芳又问大家："他解的对不对？"

同学们都异口同声地说："他算对了，他算对了！"

华蘅芳语重心长地说道："还是你们对呀！我今已老矣，算学不如你们了，真是后生可畏啊！"

实际上，这是华蘅芳故意用自己算错题的办法来激励学生们勤奋学习。同时，也是他把希望寄托在年轻人身上的心愿的表露。

结果通过这件事，学生们受到了很大的鼓舞和启发。从此以后，他们学习的劲头更足了。

华蘅芳在他老年的日子里，通过到处讲学，"成就学生甚多（很多）"。为国家培育起许多科学的幼苗。

在近代中国科学技术遭到严重破坏而处于萎靡不

振的岁月里，华蘅芳充分发挥了自己的智慧和力量，通过各种方式，把科学的种子播在中华的大地上。无疑，这是他为祖国作出的又一个巨大贡献。

华蘅芳直到晚年，其行动越发艰难的时候，仍旧手不释卷，把自己在几十年崎岖的科研道路上积累起来的科学知识和从事实际制造的心得、经验毫不保留地留给后人。他对祖国在科学方面的光辉未来，寄予了无限的希望。

1902年（清光绪二十八年），华蘅芳仙逝了，终年70岁，他真的像春蚕那样，"吐丝到死方尽耳！"

提　要

《誓与禁烟相始终——民族英雄林则徐》

　　林则徐严禁鸦片，坚决抵抗西方列强的侵略，坚持维护国家主权和民族利益。他是中国近代历史上第一位睁眼看世界的人，是抗击帝国主义殖民侵略的第一人，是中华民族抵御外侮过程中伟大的民族英雄。

《血洒虎门御敌寇——抗英将军关天培》

　　民族英雄关天培，在第一次鸦片战争中为了抗击英国侵略者的入侵而血洒虎门，为国捐躯，谱写了一曲可歌可泣的英雄赞歌。关天培用他的生命，书写了中国人民反抗外侮的历史。

《威震镇海靖节魂——抗敌英雄裕谦》

　　在第一次鸦片战争期间的众多牺牲者中，有一位官阶最高，他就是两江总督裕谦。裕谦与外国侵略者斗争立场坚定，与国内妥协派、投降派斗争态度坚决。裕谦督战镇海，与英国侵略军浴血奋战，临危不惧，以身报国，浩气长存。

《斩邪留正解民悬——太平天国领袖洪秀全》

　　农民出身的洪秀全，从失意文人到起义领袖，经历了长期的思想演变过程，在外敌入侵、清朝政府腐朽的历史环境之下，顺应时代的潮流，成长为一位非凡的历史英雄人物，建立了与清朝政府相抗衡的农民政权——太平天国。

099

严谨治学　勇于探索

——近代著名数学家华蘅芳

《仰承汉唐　荟萃中外——近代数学家李善兰》

李善兰是我国19世纪重要的科学家之一，在数学、天文学、力学等方面都有重大建树。他继承了我国古代数学的成就，又以极大的热情传播西方科学文化，"仰承汉唐，荟萃中外"，把自己的一生献给了科学事业。

《严谨治学　勇于探索——近代著名数学家华蘅芳》

华蘅芳，中国近代数学家之一。其精通中国古算学，并熟练掌握西方近代数学，是中国验证抛物线并著书立说的参与者。为了证明"外国有的，中国也能造"而鞠躬尽瘁，在引进西方科学技术、传播科学知识上贡献卓著。

《折冲樽俎护山河——近代著名外交家曾纪泽》

曾纪泽是中国近代史上著名的爱国外交家，在中俄伊犁交涉事件中，他秉承抵抗列强、保卫国家的坚定意志，利用外交手段全力同沙俄抗争，捍卫了国家主权、民族尊严，收回了祖国的领土，在近代中国外交史上留下了光辉的一页。

《甲午海战留英名——民族英雄邓世昌》

邓世昌，北洋水师名将。本书以邓世昌的成长过程为线索，以代表性的历史故事为主要内容，还原真实的历史事件，突出鲜明的人物性格。邓世昌因在中日甲午海战中突出的英雄气概而名垂史册，书写了伟大的爱国主义篇章。

《誓与舰队共存亡——北洋水师提督丁汝昌》

丁汝昌处在清朝政府的腐朽和李鸿章的专断下，难以施展爱国的抱负，壮志未酬，愤恨而终。但丁汝昌为建立近代海军作出的巨大贡献，带领北洋舰队爱国官兵勇抗强敌的英雄事迹，将永远为后代所传颂。

《镇南关上凯歌扬——抗法老英雄冯子材》

1885年中法战争中，年逾古稀的冯子材为抵御外国侵略，勇赴国难，大败法军于镇南关，并乘胜追击，接连收复文渊、谅山等地，从根本上扭转了中法战争的局面，成为近代民族英雄的杰出代表。

《屡败法军逞英豪——黑旗军将领刘永福》

刘永福是黑旗军的创建者，是农民出身的杰出军事家、政治活动家。在19世纪发生的援越抗法、中法战争中，他率部与帝国主义侵略者进行了殊死的战斗，建立了卓越的功勋，成为我国近代史上著名的民族英雄，为后世所景仰。

《矢志变法强国家——戊戌变法领袖康有为》

康有为是清末民初最有影响力的思想家之一。他领导了中国知识界的启蒙运动，掀起了一场自上而下的政体改革。他最早在中国提出了立宪政体和具体的宪政方案，主张在坚持儒家传统和帝制的前提下，学习西方经验，他的进步思想对近代中国具有深远的影响。

《开民智以报国　普新知而图强——戊戌变法思想家梁启超》

梁启超，中国近代史上著名的政治活动家、启蒙思想家、史学家、文学家，戊戌变法领袖之一。本书以百日维新思想家梁启超的成长过程为线索，以代表性的历史故事为主要内容，还原真实的历史事件，突出鲜明的人物性格。

《我自横刀向天笑——维新志士谭嗣同》

谭嗣同在民族危机的严重时刻，投身改革救中国的洪流。为了带给祖国一个光明的未来，紧要关头，他挺身而出，用自己的鲜血激励后人，把宝贵的生命献给了变法事业。

《睡乡敢遣警世钟——用生命警策国人的陈天华》

陈天华是民主革命的活动家和宣传家。他写的《猛回头》《警世钟》等书，起到了革命启蒙的重大作用。为了激发留日学生的爱国情怀，他不惜投海自杀，演出了近代史上感人至深的一幕，给后人留下了难忘的印象。

《革命军中马前卒——民主斗士邹容》

革命乃"至尊极高，独一无二，伟大绝伦之一目的"；它是"天演

101

严谨治学　勇于探索

——近代著名数学家华蘅芳

之公例，世界之公理，顺乎天而应乎人"的伟大行动。因此，必须"仗义群兴革命军"。他激情高呼："革命独子万岁！中华共和国万岁！"这就是《革命军》的作者，中国近代著名资产阶级革命宣传家邹容。

《休言女子非英物——鉴湖女侠秋瑾》

为民族解放和妇女解放而英勇斗争的秋瑾，冲破封建礼教的思想牢笼，打碎封建精神枷锁，崇仰真理，追求光明，主张共和，坚持男女平等，最终献出了自己年轻的生命。

《血溅校场 杀身成仁——民主斗士徐锡麟》

本书讲述了反清志士徐锡麟弃文从武、投身反清革命事业，最终被清政府杀害的故事。出于对国家的热爱，徐锡麟献出自己的生命，他的事迹将永远激励后人深切缅怀这位民主革命的先驱。

《生可死耳 我志长存——献身民主的禹之谟》

禹之谟，民主革命党人，同盟会会员，近代资产阶级革命家、实业家。1886年，20岁的禹之谟"提三尺剑，挟一卷书"游历四方，研究西方社会政治学说，忧国忧民之心日趋强烈。戊戌变法失败，他丢掉改良幻想，倡革命救亡之说，走上民主革命道路。

《物竞天择 适者生存——资产阶级启蒙思想家严复》

严复是中国近代著名的启蒙思想家、翻译家和教育家。他长期从事教育和翻译事业，为近代中国人才培养和思想启蒙做出了重要贡献，同时他也为中国的翻译事业和中西思想文化交流做出了重要贡献。

《辛亥革命急先锋——资产阶级革命家黄兴》

黄兴，清末民初资产阶级革命家，中华民国开国元勋。黄兴在武昌首义及辛亥革命时期的爱国表现，与孙中山闻名于当时，常被时人以"孙黄"并称。本书以资产阶级革命活动实干家黄兴的成长过程为线索，歌颂了先辈伟大的爱国主义精神。

《矢志革命 百折不回——近代民主革命家廖仲恺》

廖仲恺追随孙中山踏上了创立民国与捍卫共和制的旧民主主义革命

之路；在新民主主义革命时期，他为建立、巩固首次国共合作和实施三大政策，英勇奋斗，为国殉职，洒尽了一腔热血。

《将军拔剑南天起——护国英雄蔡锷》

蔡锷是中国近代史上的杰出军事家、爱国者。他的一生短暂而伟大。辛亥革命爆发，他毅然投身于革命洪流之中，领导云南重九起义，对武昌起义积极响应。袁世凯窃国复辟、恢复帝制的阴谋暴露出来以后，他又毅然举起了武装讨袁的旗帜。

《反帝反封建运动——五四青年的爱国故事》

五四运动是一次伟大的反帝反封建的爱国运动；是一个伟大的历史转折点；是中国人民的斗争从挫折走向胜利的一个关节点，它为中国的前进开辟了一条全新的道路，拉开了中国新民主主义革命的序幕。

《思想自由　兼容并包——著名教育家蔡元培》

蔡元培是中国近现代著名的民主革命家和教育家，一生经历风雨，却始终信守爱国和民主的政治理念，致力于废除封建主义的教育制度，奠定了我国新式教育制度的基础，为我国教育、文化、科学事业的发展做出了富有开创性的贡献。

《为国家争光　为民族争气——中国铁路之父詹天佑》

詹天佑是我国最早的杰出铁道工程师，因主持建造京张铁路而闻名中外，被誉为"中国铁路之父"。他为祖国的铁路事业贡献了毕生的精力。本书向读者展示了詹天佑热爱祖国、科技兴国的辉煌人生。

《实业救国　衣被天下——轻工之父张謇》

张謇是爱国实业家、教育家。他年轻时中过状元。过了40岁，开始投身工商实业活动中，他的名言是"富民强国之本在于工"。在南通，创办大生丝厂、银行等各种实业。并将创办实业的大部分所得投入教育。他的观点是，教育和实业一样，也是"富强之大本"。

《心向革命　追求光明——平民将军冯玉祥》

冯玉祥将军"是一位从旧军人转变而成的坚定的民主主义战士"。

抗日战争期间，他辗转各地，用实际行动积极抗战。日本战败投降后，他为了断绝美国的援蒋内战，又在美国四处演说，揭露蒋介石统治之黑暗，痛斥美国阴谋分裂中国的不良行为。

《刑场上的婚礼——革命烈士周文雍　陈铁军》

周文雍是广州起义的主要领导人之一。陈铁军出身于华侨商人家庭，却毅然投身革命洪流。1928年1月，两人接受派遣，回到广州假扮夫妻从事革命斗争，却不幸被捕。临刑前，两位烈士将敌人的枪声当作自己婚礼的礼炮，用生命和爱情谱写出一曲千古绝唱。

《星星之火　可以燎原——井冈山斗争的故事》

1927—1929年，毛泽东、朱德等老一辈革命家，在井冈山创建了农村革命根据地，进行了艰苦卓绝的斗争，建立了新型革命武装，点燃了工农武装革命之火，找到了农村包围城市最后夺取政权的中国革命的正确道路。

《新民学会的主要发起人——中国共产党早期革命家蔡和森》

蔡和森青年时期曾与毛泽东等人一起组织进步团体新民学会，参加五四运动，并在赴法国勤工俭学时研读大量马克思主义著作，回国后以满腔热忱投身革命事业，成为中国共产党早期重要的理论家和宣传家。

《威震黄浦江畔　高奏抗日壮歌——一·二八淞沪抗战》

面对日本侵略者的挑衅，十九路军在蒋光鼐、蔡廷锴的带领下，高举义旗，奋力一搏。一·二八淞沪抗战，是中国军人捍卫军人荣誉和祖国尊严所发出的吼声，谱写了一曲抗击日军侵略的英雄壮歌。

《将军恨不抗日死——慷慨就义的吉鸿昌》

在国难深重的20世纪30年代，吉鸿昌将军因拒绝执行国民党指示，坚决不打内战，被迫携眷出国"考察"。回国后，他加入中国共产党，组织了民众抗日同盟军，英勇打击日本侵略者，后于1934年11月被国民党反动派杀害。

《献身革命　甘于清贫——梅岭忠魂方志敏》

大革命失败后，方志敏凭着"两条半步枪"起家，身经百战，创建了赣东北革命根据地和红十军。本书真实记录了方志敏投身于革命、领导红军和敌人进行艰苦卓绝斗争的经历，歌颂了烈士贫贱不移、威武不屈、献身革命的高尚品质。

《奏响中华最强音——人民音乐家聂耳》

聂耳在他有限的生命中创作了数十首革命歌曲，在抗日救亡运动中，聂耳的这些歌曲产生了广泛深远的影响。他的音乐创作为中国无产阶级革命音乐的发展指明了方向，树立了榜样。

《横眉冷对千夫指——中国文化革命主将鲁迅》

鲁迅不但是伟大的文学家，而且是伟大的思想家和伟大的革命家。在那风雨如晦的黑暗年代里，他以笔为投枪，同一切帝国主义和反动派进行了顽强的战斗，为中国人民树立了一个不朽的丰碑。他是新文化战线上的一面光辉旗帜，是我们伟大民族的灵魂。

《铁流两万五千里——红军长征的故事》

红军长征是人类历史上的一次伟大的壮举。第五次反"围剿"失败后，中国工农红军的三大主力在极端艰难的条件下，突破国民党军队的围追堵截，进行了史无前例的战略大转移，总行程达两万五千里以上。途中发生了许多动人故事，至今令人难以忘怀。

《荣辱不移革命志——创建陕北红军的刘志丹》

刘志丹是杰出的无产阶级革命家、军事家，西北红军和西北革命根据地的主要创始人之一。他一生热爱人民，追求真理，英勇善战，百折不挠，艰苦奋斗，忠心赤胆，为创建红军和革命根据地、为中国人民的解放事业建立了不可磨灭的功勋。

《英名永存北平城——爱国将领佟麟阁　赵登禹》

1937年7月28日，日军向北平郊区发动进攻。第二十九军副军长佟麟阁奉命在南苑率部与日军苦战，腿部受伤，头部被敌机炸伤，壮烈殉国。第一三二师师长赵登禹指挥部队顽强抵抗日军，右臂中弹负伤，仍继续作战。后在转移途中遭日军截击而牺牲。

《八百壮士　四行仓库铸军魂——谢晋元和他的战友们》

八一三抗战，中国军人以血肉之躯揭开全面抗战的帷幕。这是一场血战，是中国军人不屈不挠的英雄诗篇，其中的八百壮士守四行，成为这首英雄颂歌中最动人、最凄美的音符。一曲四行保卫战，铸就了不屈的军魂。

《八女投江　气贯长虹——八位抗联女战士》

抗日战争时期，以冷云为首的东北抗日联军8名女战士，为捍卫民族尊严，面对凶残的日寇，镇定自若，宁死不屈，投江殉国，表现了中华民族同敌人血战到底的英雄气概。她们的光辉形象，激励着千千万万的后来人。

《艰苦抗战　威震敌胆——著名抗日英雄杨靖宇》

杨靖宇将军是我国著名的抗日民族英雄。曾先后担任磐石游击队政治委员、东北抗日联军第一军军长兼政委、抗日联军总司令等职。领导军民对日寇坚持了长达9个年头的艰苦卓绝的斗争，最终以身殉国。

《死也不当亡国奴——镜泊抗日英雄陈翰章》

陈翰章，从1932年8月投笔从戎，直到1940年12月8日为抗击日本侵略者，战死在镜泊湖畔。他在抗日疆场上奋战了九年，他那可歌可泣的英雄事迹将为人们永世传颂。

《名将殉国　气壮山河——抗日将军张自忠》

著名抗日将领、民族英雄张自忠，生于忧患的时代，抱有"宁为百夫长，胜作一书生"的志向，经历过失败与低谷，最终成就了慷慨人生。本书主要以人物活动为主，勾画出一个真正的"民族魂"鲜活的人生，会带给读者振奋的力量。

《宁死不辱战士名——狼牙山五壮士》

1941年日寇在河北易县"扫荡"。为掩护群众和主力部队撤退，五位八路军战士毅然把敌人引上了狼牙山棋盘坨峰顶绝路。弹尽粮绝、无路可退，五位英雄纵身跳下了万丈悬崖，用生命和鲜血谱写出一曲惊天地泣鬼神的壮举。

《太行浩气传千古——抗日名将左权》

左权，中国工农红军和八路军高级指挥员，著名军事家。是八路军在抗日战场上牺牲的最高指挥员。名将阵亡，太行山为之垂首，全党为之悲痛。周恩来称他"足以为党之模范"，朱德赞誉他是"中国军事界不可多得的人才"。

《虎将兴关外　抗倭统雄师——抗联英雄赵尚志》

本书描写了久经考验的共产党员、东北抗联的创建者和主要领导人赵尚志，在艰苦卓绝的条件下，坚持抗战，威震敌胆，战功卓著，忍辱负重，忠贞不屈，为国捐躯的英雄故事，为青少年读者呈上一部爱国主义的佳作。

《黄埔之英　民族之雄——抗日名将戴安澜》

抗日名将戴安澜，先后参加保定、漕河、台儿庄、武汉、昆仑关等战役，作战英勇，屡建奇功；入缅作战，"扬威国外，藉伸正义"；守东瓜，复棠吉；殒身缅北，遗恨丛林，马革裹尸，成就了光辉的一生。

《爱国志士　民主先锋——新闻出版家邹韬奋》

本书讲述了邹韬奋献身新闻出版事业的奋斗历程，展现了一位新闻工作者坚定的革命信念和炽热的爱国主义精神，全心全意为人民服务、为读者服务的奉献精神，歌颂了他的高尚情操和优良品质。

《为抗战发出怒吼——人民音乐家冼星海》

人民音乐家冼星海，青年时期在巴黎求学，饱尝屈辱与磨难；学成后毅然回到多灾多难的祖国，用满腔热忱谱写激昂的音乐，鼓舞中华儿女的斗志；奔赴延安，谱写出不朽的名作《黄河大合唱》，发出中华民族抗日救亡的怒吼。

严谨治学　勇于探索
——近代著名数学家华蘅芳

《全民皆兵　抗击日寇——抗日战争的故事》

中国人民进行的十四年抗战，是一百多年来中国人民反对外敌入侵第一次取得完全胜利的民族解放战争。这场战争是以国共两党合作为基础，有社会各界、各族人民、各民主党派、抗日团体、社会各阶层爱国人士和海外侨胞广泛参加的全民族抗战。

《捧着一颗心来　不带半根草去——人民教育家陶行知》

陶行知是我国现代教育史上伟大的人民教育家、教育思想家。他从青年起就立志献身教育事业，以"捧着一颗心来，不带半根草去"的赤子之心，为人民的教育事业鞠躬尽瘁。

《为民主与和平拍案而起——民主斗士闻一多》

闻一多早年与梁实秋等人发起成立清华文学社。赴美留学期间由对祖国的深深眷恋而创作著名的《七子之歌》。后在西南联大任教8年，积极投身于抗日运动和争取民主的斗争，发表了著名的《最后一次讲演》。

《铁窗难锁钢铁心——革命先烈王若飞》

王若飞是我党早期杰出的无产阶级革命家。在艰苦卓绝的斗争中，他出生入死，屡建奇功，以超人的睿智和胆略，在敌人的监狱中，同敌人展开了殊死的较量，为抗战的胜利和新中国的诞生做出了卓越的贡献。

《横扫千军　还我河山——抗联名将李兆麟》

李兆麟是东北抗日联军创建人之一，他率领抗日联军历尽千难万险与日本侵略者浴血奋战，在极其艰苦的条件下，保存了抗日联军的有生力量，为东北光复做出了重大贡献。

《锄头开出新天地——解放区大生产运动》

为了解决困难，渡过难关，党中央号召党政军民齐动手，开展大生产运动。中国共产党在其控制区域内发动的一场军队屯田和鼓励生产的群众运动，达到了自己动手丰衣足食，共度难关，既进行革命又进行生产自足的目的。

《生的伟大　死的光荣——女英雄刘胡兰》

刘胡兰，坚贞不屈的少年女英雄。生前对我国劳动人民的解放事业无限忠诚，在敌人威胁面前，大义凛然，毫无惧色，英勇牺牲，表现了共产党员的高贵品质。

《饿死不领美国救济粮——爱国知识分子的楷模朱自清》

朱自清作为爱国知识分子的典型，以锐利的笔锋直言痛斥反动政府的暴行，体现了他崇高的爱国情怀和不畏恶势力的精神品格。毛泽东曾给朱自清先生以高度评价："一身重病，宁可饿死，不领美国的'救济粮'"，"表现了我们民族的英雄气概"。

《为了新中国前进——舍身炸碉堡的董存瑞》

伟大的英雄，中国人民的儿子董存瑞，从儿童团长成长为一名光荣的解放军战士，在1948年解放隆化县城时，舍身炸碉堡，为新中国献出了自己年轻的生命。他的英雄形象永远留在人民心里。

《宁死不屈的共产党员——革命烈士江竹筠》

江竹筠，就是著名的江姐。1947年春，她负责《挺进报》工作，只几个月的时间，报纸就发行到1600多份，引起了敌人的极大恐慌。由于叛徒出卖，江姐不幸被捕，惨遭毒刑的残酷折磨，仍坚贞不屈。最后被特务秘密枪杀，年仅29岁。

《抗美援朝　保家卫国——志愿军的战斗故事》

抗美援朝战争是中国人民志愿军为援助朝鲜人民、保卫祖国安全，与美国为首的"联合国军"发生的战争。在朝鲜牺牲的志愿军烈士们，他们英勇的战斗事迹、保家卫国的精神值得我们发扬光大。

《上甘岭上壮烈歌——黄继光和他的战友们》

在1952年10月的上甘岭战役中，黄继光和他的战友们在零号阵地半山腰被敌机枪火力点压制，此时，黄继光身上已经多处负伤，手雷也已全部用光。为了完成任务，减少战友的伤亡，他用自己的胸膛堵住正在扫射的敌机枪射孔，为反击部队扫清了前进的道路。

《诗书印画　全入神品——国画大师齐白石》

齐白石出身贫寒，做过农活，当过木匠，后改学雕花木工，从民间画工入手，摹古人真迹，学诗文书法，融汇古今，而诗、书、印、画俱佳；他将中国画的精神与时代的精神统一得完美无瑕，使中国画得到国际的重视，无愧于"国画大师"的称号。

《毕生为文化而奋斗——中国第一出版家张元济》

张元济参与、主持和督导商务印书馆近六十年，使其从简单的印刷企业转变为当时中国教育出版的旗帜。张元济一生爱书，在中华大地动荡不安的年代里，他用自己对文化的热爱，续存着中华民族灿烂悠久的文明之光。

《独树一帜　梨园大师——著名京剧表演艺术家梅兰芳》

梅兰芳，京剧大师，演唱风格独树一帜，世称"梅派"。曾先后赴日本、美国、苏联演出，并荣获美国波摩那学院和南加州大学的荣誉文学博士学位。作为一位爱国者，抗战期间蓄须明志，拒绝为日本人演出，为后世称颂。

《华侨旗帜　民族光辉——爱国侨领陈嘉庚》

110

陈嘉庚是著名的爱国华侨领袖、企业家、教育家、慈善家、社会活动家。他为辛亥革命、民族教育、抗日战争、解放战争、新中国的建设做出了卓越的贡献。生前被毛泽东誉为"华侨旗帜、民族光辉"。

《向雷锋同志学习——伟大的共产主义战士雷锋》

雷锋，一个平凡而伟大的共产主义战士，一心向着党，一生秉承着全心全意为人民服务、无私奉献的崇高思想；发扬刻苦学习和钻研理论的"钉子"精神；坚持勤俭节约、艰苦奋斗的优良作风。毛泽东为其题词："向雷锋同志学习。"

《人民的好公仆——县委书记的好榜样焦裕禄》

焦裕禄，被誉为县委书记的好榜样。他用自己的革命精神，展开了与大自然、与社会落后现象、与病魔的多重抗争，让我们领略到一

个共产党人的生之伟大、死之壮美的人格品质和具有现实教育意义的
精神魅力。

《文学巨匠　京味大师——人民作家老舍》

老舍是我国现代小说家、文学家、戏剧家。他用融入骨髓的真诚文
字反映生活的喜怒哀乐。老舍的一生，总是在忘我地工作，他是文艺界
当之无愧的"劳动模范"，生前被北京市人民政府授予"人民艺术家"
的称号。

《革命老人——无产阶级教育家徐特立》

徐特立是一代伟人毛泽东的老师。他出生在贫苦家庭，大部分时间
生活在动荡艰苦的年代；他刻苦勤奋，不畏艰辛，追求光明，一生勤
俭，为革命培养了大量的人才；他对党和人民任劳任怨，鞠躬尽瘁。他
坎坷奋斗的一生，留下了许多可歌可泣的故事。

《人生能有几回搏——新中国第一个世界冠军容国团》

容国团先后担任中国乒乓球队运动员、女队主教练。获得1959年男
子单打世界冠军；1961年夺得男子团体世界冠军；作为中国女队主教
练，1965年率女队第一次夺得女子团体世界冠军。他的"人生能有几回
搏"的豪言，举国传诵。

《石油工人一声吼　地球也要抖三抖——铁人王进喜》

王进喜，新中国第一批石油钻探工人。他为祖国石油工业的发展和
社会主义建设立下了不朽的功勋，在创造了巨大物质财富的同时，还给
我们留下了宝贵的精神财富——铁人精神。他被评为"百年中国十大人
物"，写入中华民族的光辉史册。

《做人民需要我做的事——著名地质学家李四光》

李四光是一位伟大的科学家，他一生从事地质学研究工作，足迹遍布
祖国的山川，为祖国探明了许多地下宝藏；他创建了崭新的学说——地质
力学；他历尽重重困难，为正确认识地质构造开辟了一条新路。

《中国化学工业的先驱——著名化学家侯德榜》

为摆脱纯碱需要进口的窘况，20世纪初，怀着"实业救国"梦想的中国化工先驱侯德榜等人创办了永利碱厂，并立志生产出中国人自己的碱。1926年，永利碱厂终于成功地生产出"红三角"牌纯碱，从此中国制碱业得以跨入世界先进行列。

《毕生求是 一丝不苟——著名科学家竺可桢》

著名科学家竺可桢献身科学研究；治学严谨，一丝不苟；一生廉洁，两袖清风；作风民主，爱护学生。他以爱国之心、报国之志，从一个民主主义者逐渐成长为一个共产主义战士。

《热爱自然的大地之子——著名植物学家蔡希陶》

蔡希陶，五十载风雨，五十载坎坷，五十载奋斗，五十载开拓，为了发现对人类生产、生活有用的植物及新物种的引进而做出巨大贡献，在中国的植物资源学史上将永远镌刻着他的名字。

《高洁无私的襟怀——知识分子的楷模蒋筑英》

蒋筑英是中国当代知识分子的先锋典范，他不为名，不为利，尊重科学；他以坚忍的毅力和顽强的作风，在科学的道路上呕心沥血，鞠躬尽瘁，无私地奉献了青春和生命。

《迎接新生命的天使——卓越的妇产科专家林巧稚》

林巧稚是国内外享有盛誉的妇产科专家。在五十多年的医学教育和临床实践中，林巧稚亲自接生了五万多婴儿，治愈了数千病人，培养了数以百计的专门人才，为我国的妇女儿童事业做出了不可磨灭的贡献。

《独自成千古 悠然寄一丘——国画大师张大千》

张大千是20世纪中国画坛最具传奇色彩的国画大师，无论是绘画、书法、篆刻、诗词无所不通。在艺术界深得敬仰和追捧，艺术家们用真挚的感情，用绘画和雕塑展现了"张大千"多彩的艺术形象。

《建造中国的通天塔——著名数学家华罗庚》

中国当代著名数学家华罗庚，为中国数学的发展做出了无与伦比的贡献，他是中国解析数论、典型群、矩阵几何等多方面研究的创始人与开拓者，也是我国最早将数学理论研究与生产实践紧密结合的科学家。

《问鼎长天　强我国威——两弹元勋邓稼先》

邓稼先是我国著名科学家，参加组织和领导我国核武器的研究、设计工作，从对原子弹、氢弹原理的突破和试验成功及其武器化，到新的核武器的重大原理突破和研制试验，作出了重大贡献。是我国核武器理论研究工作的奠基者之一，被誉为"两弹元勋"。

《敢叫天堑变通途——桥梁专家茅以升》

中国著名的桥梁专家茅以升从小立志为祖国建造桥梁，经过不懈努力，他不仅设计建造了一座座宏伟壮观、坚固实用的道路桥梁，而且搭建了一座座友谊之桥，为祖国建设作出了卓越贡献。

《蘑菇云之梦——核物理学家钱三强》

被誉为"中国原子弹之父"的核物理学家钱三强，更名后立志于科技报国；24岁投师于世界著名核物理学家居里夫妇；与夫人何泽慧合作，发现铀的"三分裂""四分裂"现象；统领我国的原子大军，做了大量创造性工作。

《两离桑梓地　满怀雪域情——领导干部的楷模孔繁森》

孔繁森，是一位一尘不染、两袖清风的好干部。两次进藏工作，历时十载，为西藏的建设、发展和稳定作出了突出的贡献。1994年11月，孔繁森不幸以身殉职。人民群众称他为新时期领导干部的楷模。

《摘取数学皇冠上的明珠——著名数学家陈景润》

陈景润是享誉世界的数学家，为了证明"哥德巴赫猜想"，他以惊人的毅力在数学领域里艰苦跋涉，终于攻克了世界著名数学难题"哥德巴赫猜想"中的"1+2"，创造了中国乃至世界数学史上的辉煌。

严谨治学　勇于探索

——近代著名数学家华蘅芳

《学术独步　饮誉四海——享有国际威望的科学家卢嘉锡》

　　卢嘉锡是一位在国际科学界享有崇高威望的物理化学家、化学教育家和科技组织领导者。1945年，卢嘉锡满怀"科学救国"的热忱回到祖国，对中国原子簇化学的发展起了重要推动作用，他所指导的新技术晶体材料科学研究，也取得了重大成绩。

《德艺双馨　梨园楷模——著名豫剧表演艺术家常香玉》

　　常香玉1941年赴陕甘演出。1948年在西安创办香玉剧社。1951年为支援抗美援朝，率剧社巡回西北、中南、华南各地演出，以演出收入捐献"香玉剧社号"战斗机一架，素有"爱国艺人"之誉。

《文学大师　激流勇进——著名作家巴金》

　　本书以巴金生平和主要事迹为线索，回顾和展示现代著名作家巴金的一生，以期让人们看到巴金在这风云变幻的100多年中，有过成功的欢欣，有过屈辱的磨难，有过痛苦的忏悔，有过平静的安宁。巴金的人生，映照着一代中国五四知识分子坎坷而不平凡的命运。

《壮心系科学　孜孜为国昌——理论化学家唐敖庆》

　　本书讲述了唐敖庆从出国求学、学业有成、回国任教，到服从安排、艰苦工作、刻苦钻研，最终成为中国量子化学奠基者的过程。让人们看到了这位著名化学家的赤心爱国、严谨治学、大公无私的崇高品格和科研上的卓越成就。

《中国导弹之父——著名科学家钱学森》

　　当第一颗原子弹升空的时候，当中国的人造卫星奏响《东方红》的时候，当中国运载火箭腾空而起的时候，当中国研制的导弹准确命中目标的时候，人们都会想起他的名字：中国导弹之父钱学森。

《中国近代力学的奠基人——著名科学家钱伟长》

　　钱伟长曾以中文和历史两个100分的成绩考入清华大学。九一八事变后，钱伟长毅然放弃了文科的学习而转为理科。他是中国近代力学、应用数学的奠基人之一，在固体力学、流体力学以及航空航天领域，取得了卓越的成就，为新中国的现代化建设付出了毕生的精力。

《中国光学科学的奠基人——著名科学家王大珩》

王大珩是我国著名的科学家，中国光学科学的奠基人。他先在清华就读，后赴英国求学，学业有成，立志科学救国，其成就享誉神州。他以科学的求是精神和赤诚的爱国情怀，探索着中国光学发展的闪光之路。

严谨治学　勇于探索

——近代著名数学家华蘅芳

中华魂 百部爱国故事丛书
ZHONGHUA HUN